魔法のキスより甘く

和泉 桂

幻冬舎ルチル文庫

CONTENTS ✦目次✦

魔法のキスより甘く

✦カバーデザイン＝吉野知栄(CoCo.Design)
✦ブックデザイン＝まるか工房

イラスト・コウキ。✦

魔法のキスより甘く

——なあ、ルカ。おまえ、知ってるか？

「何ですか、クロード様」

唐突に話しかけてきたクロード・エミリアに、籐《とう》のバスケットいっぱいに詰め込まれた洗濯物を干していたルカは、振り向きもせずに聞いた。

庭の東端にある楡《にれ》の木から、西端にある樫《かし》の木まで、ぴんと張られたロープは真《ま》っ直《す》ぐに伸びている。海辺に近いこの屋敷は潮の匂いがきついが、幼い頃《ころ》から船で育ったルカには慣れた空気だった。

「ニッポンって国があるんだ、極東に。この十九聖紀《せいき》になってから発見されたんだぞ」

「知っていますよ、それくらい」

ちなみに発見されたわけではなく、日本はそれ以前からあるのだが、面倒なのでクロードの知識を正そうとはしなかった。

「え？　知っていたのか？」

「あの……私はもともと船乗りの端くれですよ。それくらい知らなくてどうするんですか」

遠慮がちに述べたルカは、年上のクロードに対してつい呆《あき》れた態度を表に出してしまう。

船乗りの基本は海図と世界地図を頭に叩《たた》き込むことだ。うっかり紛争国へ漂着などしてしまったら、洒落《しゃれ》にならないためだった。それに、時として情報は高く売れるので、やはり必然的に世界情勢に対しても敏感になる。

「何だ、そうか。ルカは勉強熱心だな」

膝《ひざ》を抱《かか》えて草地に座っていたクロードはそう言い、つい彼に目を向けたルカに対して白い歯を見せて笑った。

クロードは今年十五になったはずだが、彼は得意の魔術以外に関しては少しばかり世間知らずな面がある。

箱入りばかりを育てるのが、魔術教育の特長なのだろうか。

そんなことを考えたルカは、自分の冗談《じょうだん》がくだらなくなって噴《ふ》き出してしまう。

この館《やかた》で魔術を学ぶ若者たちは、魔術士になる未来以外は考えていないため、どこか近視眼的なところがあるのは当たり前だ。

口許を覆った勢いで眼鏡《めがね》がずれ、ルカは急いでブリッジを押し上げた。

「何だ、ルカ。一人で笑って」

「いえ、何でもありません。早く立派な魔術士になってください」

「どうしてそうなる？　まあ、そうなるのは当たり前だけどな」

クロードは自信満々に言い切り、ルカに向かって笑んだ。

「私が魔術士になったら、おまえをニッポンに連れていってやる」

「ニッポンに？　どうして？」

「おまえみたいに綺麗《きれい》な髪と目の人間がたくさんいるんだそうだ」

「…………」

不意打ちに綺麗と言われて、ルカは戸惑《とまど》いを覚えた。

そんなこと言われても、困ってしまう。

照れ隠しのようにもぞもぞ動き、捲《まく》り上げていたシャツの腕をもう一度押し上げ、バスケットの中からシャツを取り出して音を立てて皺《しわ》を伸ばす。

「どうした？　赤いぞ、耳」

「あの……いえ……綺麗なんて言葉はそう簡単に使わないでいただけますか」

「え？」

クロードは何もわからないと言いたげに、きょとんとする。

彼の華やかな金髪に陽光が真面《まとも》に当たり、全体がまるで金のように煌《きら》めいている。

「綺麗なものは綺麗だ。どうしてそれを口にしてはいけないんだ？」

「――わからないなら、いいです」

「おかしなやつだな」

クロードは声を立てて笑うと、自分の手でぽんぽんと大地を叩いた。

「ニッポンだろうと大英帝国だろうと、おまえの居場所はここだ」

「地面、ですか？」

「そうじゃない。おまえの居場所は私の隣だ」

少し威張った調子で言い、クロードは「光栄だろう？」と念押しのように付け足す。

「嬉《うれ》しいですが、私は大英帝国一の魔術士のそばにいるには、平凡すぎます」

「美人だ」

即答だった。

「顔だけで選ぶなら、女性を侍《はべ》らせるのがいいでしょう」

「それなら、学もつけろ。学校へ行けばいい」

「私を拾ってくださったマーリン様に、これ以上の負担をお願いするわけにはいきません」

「だったら私が教えよう」

「何を？」

「読み書きと計算、それに歴史、最低限の魔術。これだけあれば恥ずかしくないような知識だ」

クロードは胸を張り、ルカを見上げた。

「それでは、クロード様の修行の時間が減ってしまいます」

「私自身の復習にもなる。大した問題じゃない」

「でも……」

そこまでは主人に甘えられないと、ルカは言い淀む。

「この先もそばにいてほしい。だから、そのためには労を惜しまない」

「…………」

「ああ、プロポーズみたいだな」

何気ないクロードの言葉に、ルカは耳まで熱くなるのを感じた。

「返事は？」

「……考えておきます」

「そうか。楽しみだ」

クロードは鼻歌を口ずさみながら、魔道書に視線を落とす。

うららかな午後。

何の変哲もないこんな日に、仕えるべき主人にプロポーズをされてしまった。

それをどう解釈すればいいのかとぐるぐると考え込みながら、ルカは半ばむきになったように、シャツを膝に叩きつけて皺を伸ばした。

1

午後になり、風向きは北よりの微風。

接岸するには何ら問題もなく、陸地が徐々に近づいてくる。船倉部分に備えられた蒸気機関は出力を弱め、このリベルタリア号は今は帆を張ってル・アーブルに向かっているところだった。

「あとどれくらいだ？」

双眼鏡で陸地を見ていたルカに、船長のライル・アディクトンが話しかけてくる。

「そろそろ投錨《とうびょう》といきましょう」

「了解」

ライルは船員に投錨の指示を出し、船員たちの動きが忙《せわ》しなくなった。

「やっと寄港だな」

「この港は女の子のレベルが高いからなあ。たまんないぜ」

陽気な船員たちがそんな軽口を叩きながら我先にとボートを下ろす準備を始めたのを横目で見つつ、ライルが伸びをしながら口を開いた。

「ルカ、おまえ、どうするんだ？」

「どう、とは？」

折しも強く吹き始めた潮風のせいで、ずっと伸ばしているルカの長い黒髪が揺れる。

それはライオンのようだと形容されるライルも同じだった。

リベルタリア号は商船で、積荷は各国での交易で手に入れた貴重なものばかりだ。泥棒《どろぼう》が入らないように、船上には交代で常に数人の見張りを残している。

「そろそろあいつらの領分に近いだろ。寄港するのは……」

ライルにしては珍しく言い淀《よど》んだのは、ルカに気を遣っているのだろう。

「そのことですか」

ルカは首を振る。

「英国と仏蘭西《フランス》は今や同盟国とはいえ、所詮《しょせん》は他国です。大英帝国も他国の領土で無茶はできないでしょう。特に、仏蘭西は魔女や魔術士にあまりいいイメージがないようですし。手出しはないと踏んでいます」

「ならいいんだ」

後を引かない性格のライルは頷《うなず》き、それから二人のやりとりを見守って甲板に佇《たたず》んでいる恋人の夏河珪《なつかわけい》をちらりと見やった。セーラー服を身につけた珪は手持ちぶさたそうで、ライルとルカの会話を見守っている。

黒髪で黒い瞳《ひとみ》。個々のパーツの色味はルカとまるで変わらないのに、ルカと珪では顔立ちは正反対だ。楚々《そそ》とした容貌《ようぼう》の珪はとても可愛《かわい》らしく、最初は乗組員全員が珪を女性だと思い込んでいた。その理由は彼が女装していた点にあるのだが、ルカも当然、珪が憧《あこが》れのヤマトナデシコだと信じていたほどだ。

ひょんなことからライルが海に落ちた珪を拾い、船に乗せてから現在に至る。

珪は努力家で健全で、同性である点を超越してもライルが惚《ほ》れてしまい骨抜きになるのもわかる。

彼が人魚姫と呼ぶほど可愛がっているのも。

――恋人に対して人魚姫なんていうのは気恥ずかしくて、ルカだったら御免だが、受け容《い》れている珪は破《わ》れ鍋に綴《と》じ蓋《ぶた》なのだろう。

「ま、だったらまずは二人で留守番《るすばん》してるぜ」

「……はいはい」

邪魔がいないうちに恋人といちゃいちゃしたいというライルの思惑《おもわく》は透けて見えるものの、面倒なのでルカはそれについては深く追及しないようにした。

「では、警備はしっかりとお願いしますね」

「おう」

これ以上、突っ込んだ内容を聞くのは互いに野暮《やぼ》だろう。

勇猛果敢だがある意味猪突猛進《ちょとつもうしん》で危なっかしいところのあるライルを、上手《うま》く御してくれる恋人がいるのならば歓迎だ。

「だから、ノエを頼む」

「え」

そもそも珪が海に落ちた原因は、この褐色《かっしょく》の膚《はだ》のちびっこを助けたことにあるそうだ。

そんなノエの面倒を見ろと言われ、ルカは眉根《まゆね》を寄せる。

「ノエ……ですか」

「そうだ」

十歳になったばかりの船員見習いのノエは、役に立つしすばしっこいのだが、彼の存在は昔の自分を思い出させる。

過去の記憶と同時に胸に込み上げてくるのは、あの人との因縁だ。

だから、ノエを見ていると少し複雑な気分になる。

「よろしくお願いします」

無表情になった自分に少し威圧されたかのようにおどおどする少年を目にして、ルカは己《おのれ》の顔が怖いのかもしれないと態度を和《やわ》らげた。

この子が悪いわけではない。むしろ、悪いのは、折に触れ彼について思い出してしまうルカ自身だ。

「じゃあ行きましょう、ノエ。食べたいものはありますか？」

なるべく明るい声を出すと、ノエが大きな目を丸くする。

「食べたい、もの……？」

「たまには肉はどうです？　船の上は塩漬け肉や干し肉ばかりですから」

「食べたい！」

食べ物に釣られ、ノエがぱっと顔を輝かせた。

そうすると彼も年相応に見えて、船の上では精いっぱい虚勢を張っていたことがわかってくる。

それもまた、覚えのある感情だ。

独り立ちしなくてはいけないから、いつも格好つけて自分を強く見せようとする。

そんなことを考えながら陸に上がったルカが船着き場で躰《からだ》を伸ばしていると、義手と神経を接続している左手の傷痕《きずあと》が小さく疼《うず》いた。

やり過ごそうと思ったくせにその痛みは更に強まり、ルカは眉根を寄せる。

――まさか。

まさかな、とルカは心中でその疑念を一蹴した。

今し方ライルにも言ったとおりに、ルカを追いかけ回している人物は大英帝国の魔術省の大物だ。宮仕えである以上は、他国に来て好き勝手にできるわけがない。そもそも強大な魔術士は、それぞれが一個師団並の兵力を持つと言われている。従って彼らが暴れれば、国交断絶を招きかねないほどの惨事を引き起こしうる。

けれども、魔術士とはいえ、彼は自制心を持ち合わせた人物だ。それは、彼が珪を巡る因縁において身を引いた事実にも象徴されていた。

「ちょっとお店、見ていい？　珪に何か買ってく！」

ノエは早口で言うと、ルカの返事も聞かずに船員相手に商売をしている雑貨店に飛び込んでしまう。

そのあいだも痛みが強くなり、気持ちを紛《まぎ》らわせようと息を吐き出したルカが眼鏡のブリッジをくっと押し上げ、方向転換すべく、気を取り直したように身を翻《ひるがえ》した。

どすん。

誰《だれ》かにぶつかったルカは「失礼」と言って通り過ぎようとした。

「私を無視するのか、ルカ」

よく通る美しい声が鼓膜《こまく》を撫《な》でる。

手に疼きを感じる以上は彼がいてもおかしくないとは思っていたので、ある程度の心の準備はできていた。とはいえ、それを受け容れられるかどうかは別の問題だ。

「おい、ルカ」

もう一度呼び止められて、ルカはげんなりとした顔で振り向いた。

クロード・エミリア。

輝くばかりの金髪に鮮やかな紫色の瞳。不敵な笑みを浮かべる、かたちのよい唇。、上品かつ気の強そうな恵まれた容貌の持ち主は、大英帝国屈指の天才魔術士にして、ルカの昔馴《な》染《じ》みでもある。

すらりとした長身のクロードは長いコートを着崩しもせず、真っ向からルカを見据えた。

まだ残暑の厳しい折なのに、暑苦しいものだ。

「無視とはいい度胸だな」

「今や、あなたと私は何の関係もありません。挨拶《あいさつ》の必要性もない」

「ついこのあいだ一戦を交えたばかりだろう」

「誤解を招く言い方はやめてください！」

こんな男と性的な交渉を持ったと喧伝《けんでん》されるのは迷惑で、ルカはかっとなって口答えする。

「どこが誤解だ？」

クロードは、至極真面目《まじめ》な顔で問い返す。

そうだった。

魔術士として道を究《きわ》めんとするクロードは軽口など通じないうえ途轍《とてつ》もなく融通が利かな

い一面があるのだと、すっかり忘れていた。

「とにかく！　あなたは、このあいだうちの船長にこてんぱんにされて、大英帝国に逃げ帰ったのでは？　どうしてこのようなところで油を売っているんです？」

「酷《ひど》い言いぐさだ。おまえの船を壊した侘《わ》びに、修理費用の肩代わりをしてやろうと思ったのだが」

「では、お金だけいただけますか」

「金だけでよいのか？」

ふっとクロードは笑い、ルカの手を摑《つか》んでいきなり数歩進んだ。

「わわっ」

後ろ向きに倒れかけたルカは、力尽くで路地裏に引っ張り込まれてしまう。

大通りから一本脇《わき》に入り込んだだけなのに、陽の当たらない場所はじめじめと湿気ており、陰気な匂いがした。おまけにそれぞれの家庭に取りつけられた蒸気機関がごとんごとんと音を立てて動いており、生あたたかい風をルカたちに向けて排出している。数秒そこにいるだけなのに、あっという間に躰が汗ばんできた。

「金だけとは、つれないことを言うものだ。旧交をあたためるのも、古い知己《ちき》には必要ではないのか」

顔を寄せてきたクロードからつんと顔を背け、ルカは彼を突っぱねた。

「つれないも何も、あなたにいい顔をする理由がどこにあるんです？　私たちにはお互いに敵同士、心温まる感情とも無縁です」

「私はおまえを欲している」

「…………」

直球で攻められ、ルカはぽかんとする。

「おまえが必要だ。だから、リベルタリア号になど乗せたくない」

「どうしようと、私の勝手です」

やっとの思いで、ルカは否定のための言葉を口にする。

ルカはリベルタリア号の副船長で、船員たちを取りまとめている。得意の経理でライルが社長を務める貿易会社の実務も担当しており、拡大傾向の仕事にはかなりのやり甲斐《がい》があった。

「なぜ、海の上を選ぶ？」

「私は船でしか生きられない人間です。陸で誰かに束縛されるのは御免だ」

それを耳にしたクロードは「ふん」と口許《くちもと》を歪《ゆが》めた。暗がりで表情はつぶさに見えなくとも、気配だけで馬鹿《ばか》にされているとは十二分にわかった。

「何ですか、その笑いは」

「つまり、陸ではないところであれば、私に束縛されるのも構わぬとの意味であろう？　ならば、私が船を用意すればいいのか？」

「そういう意味では……」

かっとなったルカに対し、クロードがいきなり顔を近寄せた。

拒みようもなく、唇と唇がぶつかる。

反則だ、こんな――キスは……。

クロードの舌が、ルカの口腔《こうこう》にまで蛇《へび》のように入り込んでくる。

「ッ」

刹那《せつな》、全身にびりっと電流が走ったような気がした。

キスに慣れていないルカはびっくりして口許を押さえそうになり、これでは経験値が低いのを悟られかねないと、それを手の甲で拭《ぬぐ》う仕種《しぐさ》で変換することに成功した。

そもそも、こんな強引なキスは紳士的ではない。突然、舌まで滑り込まされたのだから怒ってもいいはずだ。

「眼鏡が邪魔だ。無粋《ぶすい》なものは外せ」

クロードが耳許で囁《ささや》くように言った。

「あなたのために、外すつもりはありません」

「おまえらしい」

囁いたクロードが、ルカの耳を噛《か》む。

「だいたい、唇を許した覚えすらないのですが」

「私の前で無防備にしていた。許したも同然というわけだ」

「な……」

なんという、ふてぶてしくも自分勝手な言いぐさだ。貴族とはいえ、この人のこういうところが気にくわなかった。

「わかっている。私もおまえをこんなところで抱くつもりはない」

「そういう意味じゃありません！　だいたい、どうして抱くのが前提なんです？」

「何度言わせる気だ？　私はおまえを求めている。その意味は既《すで》に表現している」

I need《求めている》 you とか I want《欲している》 you とか、クロードの言葉はいちいち直接的だ。

それでいて、好きだとは絶対に言わないのはどういう了見なのかと訝《いぶか》ってしまう。

欲しいというのは、やはり従僕として雇いたいという意味に違いない。

「やめてくれませんかね、そういうのは」

げんなりした顔のルカがそう言うと、クロードは「なぜだ」と真顔で首を傾《かし》げた。

「嫌がらせは誰だって不快です」

「嫌がらせのつもりはない」

「あなたにそのつもりはなくても、私には十分そう受け取れるんです。私をこれ以上不快にしたくないのなら、帰ってもらえませんか」

「何だ、可愛いところがあるじゃないか。嫌だの何だのと言っておきながら、結局は私がおまえのためだけに仏蘭西に来るのを望んでいたのだろう？」

「どうしてそうなるんですか……」

ルカは顔をしかめ、悠然と腕組みをするクロードを睨《にら》んだ。

こういう自信満々で不遜《ふそん》なところが嫌なのに、どうしてクロードはわかってくれないのか。

「そもそも恩返しはしました。あなたのために、アンブローズ様を侯爵にする手伝いをした。それの何が不満なんです？」

「おまえがそばにいない」

クロードはきっぱりと言い切る。

「私が欲しいのはおまえだけだ」

「そんなの……」

あまりにも熱い言葉を浴びせられ、普段はクールなルカでさえも動揺してしまう。

「副船長！　ルカさん、どこ？」

ノエの甲高《かんだか》い声が聞こえて、ルカは耳を澄ませた。

おまけにノエは一人ではないらしく、聞き覚えのある声色も同時に耳に飛び込んでくる。

「この辺にいたよなあ、ノエ」

「うん」

「参ったな。補給について聞きたいんだけど……」

「僕も、ご飯……」

ノエがしゅんとした声を上げているのを聞き、ルカは全身を強張《こわば》らせた。

「どいてください、クロード様！」

ルカは急いでクロードを叱責《しっせき》し、義手をした左手で彼を押し退《の》けようとする。

こちらのほうが、より強く力が入るからだ。

「なぜだ」

「なぜって、こんなところで大英帝国の魔術士と一緒にいるところを見られたくないからです！　私たちは米国の傭兵《ようへい》なんですよ!?　スパイだと思われたら大問題です」

「そのときこそ私のもとへ来ればいい」

ぐっと言葉に詰まり、ルカはクロードを真っ向から睨んだ。

「出ていけと言ったのは、あなたでしょう」

「撤回する。あれは若気の至りだ」

「どちらにしても、もう結構です」

ルカは大袈裟《おおげさ》に顔を背ける。

「そういう素直じゃないところは、おまえらしくてよいものだ」

耳打ちされてルカが反論をしようと彼に向き直った瞬間、待ち構えていたクロードに再び唇を掠《かす》め取られる。

「ちょっと！」

怒りに身を震わせるルカが殴《なぐ》りかかろうとするのをひょいと避《よ》け、クロードはルカの左手を取る。

そして、黒い革手袋の上からそっとキスをした。

「！」

痺れるような、甘い疼きが一気に全身に広がる。

「早く、私の肉を欲するがいい。とびきり美しい手を作ってやる」

「そんな目的のために、私の左手を切り落としたんですか？」

「――悪かった。そうではない」

思いがけず真摯《しんし》な声が降ってきて、ルカは驚きにまなざしを上げる。

クロードは眉根を寄せ、厳しい表情でルカを見下ろしていた。

そう言われると責める気力が失せてしまうのは、あの事件のときのクロードがあからさまにおかしかったからかもしれない。

「だが、切り落としたからには責任がある」

このあいだは平常心で顔を合わせられたけれど、今日は違う。

二人きりなのが、どうもいけない。心が掻《か》き乱されてしまう。

ルカは心底ライルとリベルタリア号の仲間を愛している。彼らは家族のようなものだ。

つまり、クロードに対する感情とは、いわば対極だ。

彼を前にすると冷静ではいられなくなるし、皮肉しか出てこない。早く遠ざかりたくて、突っぱねるための言葉しか思い浮かばなくなる。

「責任は取ってもらいました。これ以上は不要です」

「待て」

「待つ義理はありません」

ルカはそう言って足を速め、表通りへ出た。

ふっと息が楽になった気がする。

案《あん》の定《じょう》、クロードは追いかけてこない。

プライドの高い人だから、こういうところでの去り際はあっさりしているのだ。それだけがクロードの美点だろう。

「すみません、誰か呼びましたか」

ルカが通りに戻ると、探していたと思《おぼ》しき船員はほっとした様子で頷いた。

「ちょっと船底の修理で見積もりを取りたくって……」

「……ああ」

何かと締まり屋で数字に強いルカならば、こうした買い物のときに交渉するのは難しくはないし、船員任せにすると勝手に最新式の機械を入れられてしまったりする。

なので、船員たちに一任はしなかった。

「それにしても、このあたりもすっかり変わりましたね」

「このあいだ来たのはたった一年前だっていうのに、蒸気機関の増え方はすごいなあ」

船員の一人が、感じ入った様子で頷いた。

「仏蘭西はともかく、倫敦《ロンドン》が薄曇りなのは蒸気機関のせいだって言われてますからね」

「ええ。巴里《パリ》は倫敦の二の舞にならないよう、対策を講じていると聞きました」

旅をしていると、蒸気機関の普及の凄《すさ》まじさがよくわかる。

それまで美しかった白亜の町が石炭の煤《すす》で薄汚れる様も、何度も目にしてきた。

時折貨物として預かる蒸気機関の部品は進歩が日進月歩だったし、実際、蒸気機関が改良されるとルカの乗っていた船はあっという間にスピードが増した。

『十九聖紀は機関《エンジン》の時代である』

それが人々の合い言葉であった。

十八聖紀に発明された蒸気機関により、産業革命は大英帝国で大きな展開を見せた。蒸気機関はすぐにさまざまな改良を施され、人々の生活に電気をもたらした。

それまでほぼすべての工程を手作業でやってきた人間にとって、電気が生まれたことがどれほどの喜びであったか——想像に難《かた》くないだろう。

こうして科学の進歩は、世界地図を加速度的に塗り替えた。

蒸気で動く機関により、船はまさしく風任せの原始的な航行方法より解放され、これまでよりもずっと安定的に長距離の航海ができるようになった。けれども、それはすなわち領土拡張戦争を再燃させた。

その結果、世界は三つの大きな軸に分かれた。

大英帝国を中心として旧来の欧州中心の世を維持しようとする『旧世界』と、米国を中心として新しい国際秩序を作ろうとする『新世界』と、そして独特な中立国である日本。

このご時世ではよくあることだが、リベルタリア号は商船であり、なおかつ米国の偽装巡洋艦でもある。いわば船員は傭兵のようなものだ。

ライルが有り金を叩《はた》いて購入し商売を始めたときは普通の商船だったが、面白いことを求めるライルの性格のせいで、こういう現状になってしまったわけだ。

米国に協力などしなければ、クロードとの因縁ももう少しましなものになっていたのに、それればかりは仕方がないだろう。

いや、ましとかそういう以前に自分とクロードにはもう関わりはないはずだ。

こうして頭を悩ませるほうがおかしいのだ。

クロード・エミリアは残暑の街が見えるカフェに席を取ると長い脚を組み、不機嫌な顔つきでテーブルに頬杖《ほおづえ》を突いていた。

仏蘭西はクロードの暮らす偉大なる大英帝国と海を隔てた隣国だが、歴史的にはさまざまな確執がある。それでも、米国を中心とした新世界に対抗するために欧州の各国は旧世界として徒党を組み、それなりに友好的な関係で落ち着いていた。

クロードがこの土地を訪れたのは、魔術士育成のための学校をこの地に設立したいという、上司のプロフォンドゥム侯爵及び女王陛下の意向を伝え、交渉するためだった。

しかし、仏蘭西では歴史的に魔女や魔術士に対する偏見が根強く、なかなか上手くいきそうにない。夏河義一《なつかわぎいち》が研究していた魔術と蒸気機関を融合させた『神的機関《ディヴァイン・エンジン》』の開発は危険すぎると新世界との条約で禁じられたばかりだ。そのため魔術研究の強化を目論む大英帝国の出鼻が挫《くじ》かれた格好で、このまま手ぶらで帰るのも癪《しゃく》に障《さわ》る。

偶然この地で接触したのが、古くからの知り合いのルカだった。

大人になったクロードは自分を偽るすべを覚え、それなりに処世術を身につけた。昔のような剝《む》き出しの好意やなまなましい感情を見せなくなり、何もかもが押さえがちになった。

それでも、ルカの存在だけは特別だ。

魔術士になろうと目標を掲げた日々、ルカがいてくれたからこそ、クロードは厳しい修行に耐えられた。

離れることも拒絶されることも、思いも寄らなかったのだ。

ため息をついたクロードが頬杖を突くと、すかさずそこに紅茶が運ばれてくる。

「どうぞ」

「merci《ありがとう》」

礼を告げたクロードは早速紅茶を味わおうとしたが、いったいどういう淹《い》れ方をしているのか、香気がすっかり飛んでしまっている。

もう一度淹れ直せと言いたいところだが、この国ではそこまでの我《わ》が儘《まま》は言えない。

「あーっ！　クロード様、一人でお茶してるんですね！」

背後からそんな声が聞こえてきて、クロードは飲みかけの紅茶を噴き出しそうになった。

振り返らずともわかる。

甲高い声の主は、小間使いとして雇わされたデイジーだった。真っ赤な髪が特長の少女は、魔術省のスポンサーであるプロフォンドゥム侯爵に押しつけられたのだ。何でも執事の遠縁だとかで、どこに奉公にやってもすぐにくびになってしまうと泣きついてきたらしい。クロードだって御免だが、すぐに従僕を辞めさせてしまうのだから小間使いならいいだろうと意味のわからない説得をされ、半ば強制的に仏蘭西くんだりまで連れてくる羽目になった。

そもそもこちらは公務で、何か問題が起きれば批判されるのはクロードのほうなのに、侯爵ときたらお構いなしだ。

デイジーも小間使いのくせに、あるじがカフェにいるときに現れるのは礼儀知らずにもほどがある。そもそも身分なるものを弁《わきま》えていないのだ。初めて会ったときから傍若無人《ぼうじゃくぶじん》で気の合わない小娘だと思っていたが、その態度は一貫している。

「私もお茶、もらっていいですか？」

「構わん」

ここで追い払うのも無粋なので、クロードは渋々相手の同席を許可した。

「紅茶一つ追加でお願いします。あと、このガトーショコラも」

彼女は勝手に紅茶とお菓子を追加注文した。

「ご馳走《ちそう》してくださってありがとうございます、クロード様」

「は？　私がいつそんなことを言った？」

「こういうとき女性に奢《おご》るくらいの甲斐性がないと、結婚できませんよ」

「できなくても構わん。私に必要なのは魔術と……」

ルカだけだとの言葉を、クロードは呑《の》み込む。

ルカを女性と同列に扱うつもりはない。

クロードはルカを欲しているし、彼を従僕にしたいと今でも望んでいる。何度も口説いているのに、根負けしないルカには苛々《いらいら》してしまう。

そこへ紅茶が運ばれてきて、彼女が嬉しげにそれを口に運んだ。

「わあ、美味《おい》しい！」

……これだ。

生粋《きっすい》の英国人のくせに、彼女は致命的に紅茶に対する味覚センスがないときている。そもそもこの娘は本当にあの執事の遠縁なのかと疑いたくもなるほどのだめっぷりだ。

「仏蘭西は食べ物も飲み物も、ぜーんぶ美味しくていいですねぇ」

「……ああ」

もともと有力だが跡取りに恵まれなかったエミリア家を継いだクロードは既に魔術省を牛耳っており、高度な魔術の開発を職務兼趣味としている。そのため普段はこうして外に出て交渉を担当することなどないのだが、これが魔術省の後援者にして支配者であるプロフォンドゥム侯爵アンブローズ・アディスの意向なのだから仕方がない。クロードは望んでいた権力を得たが、そこにも義務はつきものだ。

そういえば、アンブローズが当主になるためのきっかけを得たのも、ルカの活躍と犠牲があったおかげだ。

彼はあのときに、大事なものを失ったのだ。

そしてそれは、未《いま》だにクロードの手の内にある。

白手袋の上から自分の左手にくちづけ、あのときの昂揚《こうよう》を反芻《はんすう》しながらクロードは口許を歪ませる。

ぞくぞくする。

そのときだ。

視線を感じた気がして、クロードはテーブルに手を突き、腰を浮かせかけた。

目だ。

誰かがここを、クロードの周囲を見張っている。

紅茶の中でぎょろりと目玉が動いたような錯覚に、クロードは咄嗟《とっさ》に呪文《じゅもん》を唱える。

「ひゃっ⁉」

デイジーが小さく声を上げたのは、ぱしゃっと紅茶が飛び散ったせいだ。

「な、何ですか、クロード様」

「黙るがいい。誰かの視線を感じた」

「それはクロード様はハンサムだから、女性の熱い視線を浴びているんでしょうよ。それくらいで悪戯《いたずら》するなんて子供っぽいわ」

「そうではない」

クロードは反論しかけたものの、彼女は花柄のドレスに撥《は》ねてしまった紅茶を気にしているらしく、慌ててハンカチーフで拭いている。

「クロード様、これが染みになったら魔術で落とせますか？」

「……魔術はそういうくだらない用途のためにあるわけではない。おまえはいったい何度言われればわかるのだ」

「あら、生活を便利にするためでしょ？　蒸気機関と変わらないじゃありませんか」

デイジーのあっけらかんとした口ぶりに頭が痛くなりかけ、クロードは口を噤《つぐ》む。

悪意のある視線を感じていたのは、事実だ。

優秀な魔術士であればあるほど敵は多く、クロードには味方と呼べるのは腹立たしいことにプロフォンドゥム侯爵くらいのものだ。魔術学校時代の友人であるジョーイとは親しいが、味方と呼ぶには日和見《ひよりみ》すぎる人物だった。

クロードの命を狙《ねら》う輩《やから》がいてもおかしくはないが、ルカと接触したのはまずかったかもしれない。

彼の身に危害が及ぶようなことがあってはならない。

こういうときにルカの身を守れるのは、クロードではなく彼の間近にいるライル・アディクトンだ。

リベルタリア号の船長であるライルのふてぶてしい顔つきを思い出すと、にわかに苛立《いらだ》ちが募ってくる。

あの男がルカを手放さないから、いつまで経《た》ってもルカが自分のところに来ないのだ……。

そう考えると、苛々としてしまう。

「わあ、このガトーショコラ美味しい！」

弾んだデイジーの声を聞くのも腹立たしく、クロードは黙り込んで紅茶を再度口に運ぶ。

冷めきった紅茶は、更にまずくなっていた。

カフェの向かいにある街路樹からは、真っ黒な烏《からす》がじっとクロードを見つめている。

これもまた、『目』だ。

烏、猫、犬——それぞれの生き物の目を借りて、誰かがクロードを監視し続けている。

いや、『誰か』ではない。

このような魔術が得意だった人物について思い出し、クロードは軽く頭を振った。

ルカと一緒にいるところを、この視線の持ち主に見られただろうか。

彼に害が及ばぬよう、クロードは見張りを強化しなくてはいけなかった。


「ただいま戻りました」

「……どうした、ルカ。生気のない顔をして」

ルカがリベルタリア号に戻るのを見計らい、結局船から下りずにいたライルが満ち足りた顔つきで話しかけてくる。

「べつに」

「まさか、折角、仏蘭西まで来てまずいものを引いたんじゃないだろうな?」

「食事はそれなりでしたよ。ただ、よりにもよってクロード様に会ってしまって……」

「サリエルか」

「その呼び名、やめたほうがいいですよ。気に入らないようです」

「だったら逆に何度でも呼んでやるってものさ」

ライルが「サリエル」「サリエル」と面白がって何度も唱えるので、ルカは己の船長と思い定めた人物の子供っぽさに呆れ果てた。

ともあれその底抜けの明るさがライルの魅力であり、こうして癒《い》やされてもいるのだが。

ルカは「部屋で休みます」と言うと、自分の部屋へ戻った。

「はー……」

漸《ようや》く、気分が落ち着いてくる。

ルカの船室は狭いが、憧れの日本の小物で統一している。日本人形や和紙のちぎり絵などで飾り立て、まだ見ぬ日本への憧憬《しょうけい》の念を掻き立てるのだ。

「行きたいですね、日本に……」

無論、それは今すぐにでなくて構わない。

日本で伝統的に信じられている言霊《ことだま》というのも、一種の魔術だから唱えているのだ。

憧れの国、日本。

――そういえば、ルカに彼《か》の国への憧れを植え付けたのも、ほかでもないクロードだった。

クロードが目をきらきらさせてこの国の人々の美しさを語るから、つい、ルカもそれを見たくなってしまったのだ。
尤《もっと》も、きっとクロードはそんな些細《ささい》な点は忘れてしまっているだろう。
それから自分の寝間着に使っている浴衣《ゆかた》をぎゅっと抱き締め、目を閉じた。
暫《しば》し、夢の世界では昔のことを思い出そう。
まだ、クロードと何のしがらみもなかったあの頃。
無邪気にクロードの魔術を喜び、その能力を開花させるべく願っていた日々を。

2

寄せては返す波の音。

普段ルカが海上で聞いているものとは、まるで違う響きでそれは耳に滑り込んでくる。

それから、寝台はやけに不安定で、何だか湿ってもいるようだ。おねしょなんてとっくに卒業したはずなのに、どうして……?

いつものように船倉で寝ているつもりが、波の揺らぎは感じない。

「おい」

不躾《ぶしつけ》な声が頭上から降ってくる。

周囲が年上ばかりなので名前でなくて「おい」とか「小僧」とか呼ばれるのは慣れているけれど、相手の声色がとても若い気がする。

ルカが乗っていた船に、こんな船員はいただろうか?

「おい、おまえ。寝ているのか、死んでいるのか」

まだ年若い少年の声には張りがあり、耳によく馴染《なじ》む。

「…………」

「死人《しびと》ならばちょうどよい。私の魔術の実験に使える」

「…………」

「手足をもぎってみるか……」

物騒な内容を言われて、ルカは渋々目を開ける。

「……！」

息を呑《の》んだのは、びっくりするほど間近に他人の顔があったためだ。

誰《だれ》だろう。

息が触れる。

「何だ、生きていたのか」

桜色の唇が動き、少年は至極残念そうに告げる。

とても整った顔立ちの人だ……。

驚きのあまり、ルカは暫《しば》し相手に見惚《みと》れた。

金髪に淡いすみれ色の瞳《ひとみ》。派手な取り合わせの色味に、目鼻立ちも整っている。意志の強そうな目つきで、ルカをじっと凝視してきた。

そうすると、黒い髪に黒い目といういかにも不吉で地味な自分の容姿が、恥ずかしくなってしまう。

頬《ほお》を赤らめるルカに、少年は「おまえ、口が利けないのか」と英語で重ねて問うた。

シャツにベスト、ネクタイ、上着。

小さな紳士に見えるが、年の頃はルカよりきっと三つ四つ上で十四、五歳くらいだろうと見当をつけた。自分の正確な年令は知らないが、十一、二だと思っているからだ。

輝いている。

まるで神様から祝福されているかのように、少年の姿形は鮮やかな光に包み込まれている。きらきら光っていて、あたかも天上からの贈り物みたいだ。

普通の人とは、どこか違うのかもしれない。こんなに全身から鮮やかな光を放つ人を、見た経験がない。

ぼやけた思考でそこまで到達したルカは、はっとして自分の目許《めもと》に手をやる。

眼鏡《めがね》が、ない。

道理で妙なものが見えてしまうはずだ。

幼い頃《ころ》から眼鏡はルカにとって必需品だったが、なぜかそれをなくしてしまったらしい。

そういえば。

ここはいったい……どこだ？

そしてこの人は誰だろう？

「……あの」

恐る恐る切り出すルカを見下ろし、彼はつまらなそうに鼻を鳴らした。

「言葉を話せるとはな。怪異の類《たぐ》い……アンデッドではないのか？」

「違います」

「妙な知識を持っているじゃないか。即答できるのは疚《やま》しい証拠だ」

「でも、違う……」

ルカがそれ以上説明できずに口籠《くちご》もると、少年は「冗談《じょうだん》だ」と白い歯を見せて笑った。

やはり、眩《まぶ》しい。

彼の存在は強い光を放っているみたいで、正視できない。

「英語は話せる……みたいだな」

「はい」

年若いルカが乗っていた輸送船は仏蘭西《フランス》を根城にしていたので、ルカも主として仏蘭西語を話す。しかし、寄港のたびに各国の港に立ち寄るし、子供であるがゆえに他の船員よりも覚えの早いルカに、船長が面白がって率先して英語を学ばせてくれたので、英会話もかなり使いこなしていた。

尤《もっと》も、船長のそういう態度が船員には面白くなかったらしく、幼いルカはずっとこき使われてきた。わけもなく殴《なぐ》られたり、嫌がらせされるのもそれこそ日常茶飯事だ。

また殴られるのかとびくびくと身を縮こまらせるルカに対し、ルカの顔を覗《のぞ》き込む少年は威圧的に命じた。

「名前を言え」

「ルカ」

「ルカ、か。——仏蘭西人か？　それとも伊太利亜《イタリア》人？」

名前と黒髪に黒い目というルカの外見から見当をつけたらしく、それ自体はさして驚くようなものでもない。

「たぶん、どっちか」

「たぶんとは何だ。はっきりしないやつだな。私は英国人でここは英国の……」

「みんなは⁉」

英国という言葉を聞いた瞬間、漸《ようや》く意識が繋《つな》がった。

跳ね起きたルカは周囲を見回したが、砂浜には貝殻《かいがら》、流木、あるいは難破船のマストと思われるものや樽《たる》の残骸《ざんがい》。ひからびた海藻などが散らばるばかりで人影はない。

——嘘《うそ》……。

心臓がきゅんっと竦《すく》むように痛んだ。

皆を探そうと思って立ち上がろうとしたが、躰《からだ》に力が入らずにかくんと膝を突いてしまう。

さらりとした砂が不安定なせいもあるが、そうではなくて、全身が怠《だる》くて動けないのだ。

そもそも、どうしてこんなことになったんだろう。

座り込んだままルカは、自分の頭に手をやる。

そういえば、全身が痛い。

どこか高いところから落ちてぶつけたみたいで……。

――そうだ、あれは朝食後すぐの話だ。

確か、船員のマルコに呼びつけられたルカは、甲板の修理を手伝うよう命じられた。それも外観の修復をするため、身の軽いルカが船の備品を確認しろと言われたのだ。

臆病《おくびょう》なルカはさんざん嫌がったが、屈強な船員たちに殴られるのが嫌で、最後には渋々命令に従った。

言われたとおりに修理箇所を見ようとしたルカは甲板から身を乗り出し、バランスを崩したのだ。

水面に叩きつけられた瞬間のことは、もう覚えていない。

……ぞっとした。

ここは天国じゃないだろうか。

だって、少年はすごく綺麗《きれい》な顔をして話している内容以外は天使みたいだ。

「あなたは、天使？」

「残念ながら違う。おまえ、ユーモアのセンスはゼロだな」

おずおず尋ねたルカに対し、腕組みをした少年はあっさりと判じた。

むっとしたルカは、彼を無視して立ち上がろうとする。

全身が痛いのは、水面に激突した際にあちこちを打ったせいだろう。濡《ぬ》れたシャツを捲《まく》って気づいた腹の大きな痣《あざ》は、一昨日船員に殴られてできたものだったけれど。ひどい打ち身のせいか首のあたりが痛く、動かそうとするとずきずき痛んだ。

「どうした、ルカ」

「……探さなくちゃ」

「は？」

「船に戻らなきゃ……」

砂にぐっと右手を突いて立ち上がろうとしたルカだったが、どうしてなのか、上手くいかない。

だが、たとえ事故であったにしても船を勝手に下りたと見なされれば、戻ったときにどんな折檻《せっかん》をされるかわかったものではない。それが怖かった。

躰がとても重くて、ルカの手では支えられない。それでも何とか勢いをつけて再度試みたが、今度は足に力が入らない。

すごく、重い。

まるで、躰のすべての部品が石にでもなったみたいだ。

「動けないのか」

「……そうみたい。でも、行かなきゃ」

探さなくては、皆を。

一人になってしまうのは嫌だ。

ルカにたとえどんなにつらく当たったとしても、船員たちは家族だから。

帰る家をなくしてしまったら、ルカはどうすればいい？

「無理に決まっているだろう」

少年は舌打ちをする。

「どうして！」

「どうしてって……おまえの船が難破したのなら仲間を探してやるけど、そんな情報は入ってない。遠くで難破したかもしれないが……おおかた、おまえが事故で海に落ちたとかじゃないのか？　それなら、仲間だってとっくに諦めてるよ」

「…………」

ぐっと言葉に詰まったルカが俯《うつむ》くと、少年はそこで初めてばつが悪そうな顔になった。

「悪かった、言い過ぎた」

口ぶりこそ傲慢《ごうまん》だが、悪いと思ったときにはすぐに謝罪する。

そう悪い人でもなさそうだ。

船員たちはたいがい意地っ張りで、悪さをしてもすぐに謝ったりはしない。そういう意味では根っこがひねくれているのだ。

「聞かなかったことに、する」

涙を堪《こら》えたルカが辿々《たどたど》しく言うと、腕組みをした相手は頷いた。

「なるほど、高等な手を使うな。私の名前はクロード。クロード・エミリアだ」

「ふうん」

「感動が薄いな。将来、この大英帝国を背負って立つ男の名前だぞ？　心に刻み込んでおけ」

「……はあ」

クロードとやらは、ルカより年上のくせにずいぶん夢見がちなようだ。しかし、初対面の相手の夢を否定するほどルカも非礼ではなかったのでその点は流すことにした。

「とりあえず、おまえは私が保護しよう」

「へ？」

「そうだ。おまえは動けもしないからな。慈悲を示すのは紳士として当然だ」

「いいよ、べつに」

「遠慮するな。下々にも善行をするのが貴族の務めだ」

「立てないし、ここにいる」

「それなら心配ない。私が運んでやろう」

「どうやって？　近くに誰かいるの？」

「いや、私が自力で運ぶ」

「無理だよ！　潰《つぶ》れちゃうよ！」

クロードだってルカと同じ少年だ。確かに身長は高く肩幅もルカよりあるものの、それでも子供である点では変わりがない。

そんなクロードに、怪我《けが》人のルカを運べるわけがない。

「まあ、見ていろ」

クロードは真剣な顔つきになると、ルカに向けてぶつぶつと呪文を唱え始めた。

からかわれているのだろうか。それとも、彼には何か心得があるのか。

もしかしたら、クロードは魔術士なのかもしれない。

こんなに若いけれど、それならば、彼がどこか傲慢で偉そうなのも納得がいく。

生まれて初めて魔術をかけられるという本能的な恐怖に躰が竦み、ルカは思わずクロードを睨《にら》みつける。

魔術は苦手だ。

以前、港町で見世物をしていた魔術士崩れが、失敗してルカの前で豚を爆発させたからだ。

あのときなまあたたかい返り血を浴びた気味の悪い経験が、胸の中に残っている。

「何だ、睨むな」

「どうして」

「睨まれると集中が薄れて魔術をかけられない」

え、とルカは目を丸くする。

「それくらいで魔術が使えなくなるの？　大丈夫？」

「う、うるさい。私にだってできる！」

その白皙《はくせき》の頬に微《かす》かに朱を上らせ、クロードはルカを逆に見返した。

怒っているのか狼狽《うろた》えているのか、声が上擦《うわず》っている。

「そもそも貴様を師匠の屋敷に運んでやろうというのだ。私の厚意をおとなしく受けないか」

「魔術は嫌だ」

「どうして」

「失敗したらどうするの？　絶対に嫌だ」

わけのわからない力への、畏怖の念。それを露《あらわ》にして断固として反対するルカに対し、クロードは目を吊《つ》り上げた。

「おまえ、私を侮辱《ぶじょく》するのか!?」

むっとしたように表情を険しくしたクロードが一歩詰め寄ったとき、「何をしている？」という涼やかな声が聞こえてきた。

「アレックス……」

クロードが不愉快そうに眉《まゆ》を顰《ひそ》めた。やって来たのはクロードよりも三つ四つは年上に見える、すらりとした男性だった。軽く伸びた髪をうなじのあたりで無造作に結わえており、身なりには構わないたちのようだが、顔立ちはそれなりに端整だ。

とはいえ、気品という意味ではクロードのほうが上だろう。

「その子は？」

「船から落ちて、漂流してきたらしい。ひとまず寮に連れて帰ろうと思ったのだが」

「いいけど、おまえにはその子を運べないだろ。俺《おれ》が手伝うよ」

「嫌だ」

クロードはぴしゃりと言った。

「どうして」

「私が見つけたのだから、ルカは私のものだ。兄弟子とはいえ、あなたに手出しをされるのはお門違いだ」

言葉遣いこそ丁重だったが、クロードの拒絶は激しく、取りつく島もない。

「だが、現実問題としておまえの技術と体格では無理だ。俺の胸を借りるべきだとは思わないかい？」

「！」

尊大に振る舞っていたクロードが表情を曇らせた。

「あなたに貸しを作りたくない」

「さっすがエミリア家の御曹司《おんぞうし》だな。落ちぶれかけても、プライドだけは一人前だ」

ひゅうっとアレックスは口笛を吹き、それから小さく笑った。

「どうするんだ？」

鼻がむずむずしてきて、ルカはくしゅんとくしゃみをする。それを目にしたアレックスが、

「風邪を引かせちまうぞ」と急《せ》かした。

「仕方ない、今日だけは手を借りよう」

「そういうときはもっと丁寧《ていねい》な頼み方があるんじゃなかったかな」

「——手を貸してください」

「いいだろう、クロード。一つ貸しだぜ」

「……わかった」

不承不承といった様子でクロードが頷いたので、ルカは身構えた。

アレックスはルカに近づいてくる。とうとう魔術を使われるのだと、恐怖にへたり込むルカの腰を摑《つか》んでひょいと持ち上げた。

「えっ⁉」

驚いたのはルカだけではない。

クロードも一緒だったようだ。

「あ、の……」

まるで樽か何かのように肩に乗せられ、ルカは驚愕《きょうがく》しきって目を丸くする。

「不完全な魔術を使って人に危害を及ぼしてはならない。不要不急の使用は控えるべき、というのが我々のお師匠様の教えだからね」

アレックスは片目を瞑《つむ》ると、ごく間近にあるルカの顔を覗《のぞ》き込んだ。

「それに、魔術を使われるのを怖がる人間もいる。そういう相手を怯《おび》えさせるのは不本意だ」

にこやかに笑うアレックスは、ちらりと後ろを歩くクロードを振り返った。

「クロード、わかったか?」

「何が」

不機嫌そのものの様子でクロードが問い返した。

「魔術をほいほい使うなってことと」

「誰が!」

声を荒らげたクロードに、アレックスは何がおかしいのか豪快に笑った。

要するにクロードは堅物で、アレックスはそういうクロードをからかうのが楽しくてならないらしい。

彼ら二人の人間関係は、部外者のルカにさえもすぐに呑み込めた。

連れていかれた先は、海辺からそう遠くはない場所にある館《やかた》だった。

遠くはないという表現には、語弊がある。直線距離はすぐのようだが、その館は断崖《だんがい》の上に建造されており、そこまで行くのはかなりの時間がかかった。なのに、アレックスはほとんど汗を掻《か》かずにひょいひょいと身軽に歩いていく。

「大丈夫か、クロード」

「あ、たりまえ……だ……」

やはり年少のクロードのほうが体力的には限界があるらしく、アレックスほど身軽に動けないようだ。

ぜえぜえと息を切らせており、傍目《はため》にもみっともないほどだった。

「まったく、クロードはいつも机にしがみついてるからだぜ。マーリン先生も言ってるだろ、心身の鍛練があっての魔術技術だって」

「わかってる」

クロードの憮然《ぶぜん》とした態度がおかしくて、ルカは小さく笑った。

アレックスに背負われたルカは、一旦は寮と呼ばれる建物の二階の端の部屋まで連れていかれた。そこにマーリン先生とやらがいるのかと思ったがそうではなく、小さなベッドに下ろされた。

「着替えはこいつでいいな。タオルはいるか？」

「一応……」

アレックスは簞笥《たんす》の中からナイトシャツとタオルを出すと、それをルカに向かって投げた。

「あの……？」

「ん？　着替えさせてほしいのか？」

「ううん、この屋敷の方に挨拶《あいさつ》をするのかなって」

「先生は留守《るす》だ。それに、ある程度元気になってからでないと先生には会わせられない」

「あ、はい」

確かに、今の疲労ぶりではどんな粗相をしてしまうかわかったものではない。彼らが自分たちの師匠に会わせないのも尤もだろう。

「マーリン先生って……魔術士なんですか？」

「そいつはそうだ。マーリンって名前でぴんと来ないか？」

「全然」

「……ここにはたくさん本がある。寝ていて暇なら、クロードに頼んでアーサー王伝説でも持ってきてもらうといい」

そんなに長くここにいるつもりはないし、ルカは話せるだけで読み書きはできない。とにもかくにもこの状態では身動きを取れないのだが、船のことを考えると焦りに胃のあたりが痛くなってくる。

「先生は優しいひとだ、そんなにしょぼくれる必要はないさ」

「……うん」

そういうつもりではないのだが、相手が誤解したのをいいことに、ルカはこくりと頷く。

「あの……」

まだ少し話しかけようと思ったところで、ばたんとドアが開いた。

ドアの外に立っていたクロードが、お盆を持って入ってくる。

「ノックなしに、行儀が悪いぞ」

「手が使えなかった」

「なら、腰で開けたのか？　そっちはもっと行儀が悪い」

からかわれたせいで眉根を寄せ、クロードは「魔術を使った」と短く答える。

「尚《なお》悪いな。くだらない理由では魔術を使わないよう言われているだろう」

「くだらなくはない。私はルカの食事を持ってきたんだ」

「へえ。ハンナに頼んだのか？」

「……違う」

「じゃあ、おまえが？」

アレックスが訝《いぶか》しげに聞くと、「まあな」という返事があった。

「それはご苦労だな。不器用なくせに」

「味はそれなりだ」

アレックスは完全にクロードをからかっている様子だが、クロードはそれをまったく理解できていないようだ。

「食べろ」

「え」

クロードが乱暴にお盆をルカに向けて突き出したので、皿が大きく傾《かし》ぎ、どろりとしたオートミールのようなものが零《こぼ》れた。

「照れるなよ、クロード」

「誰が……」

「おまえが手ずから料理してやるなんざ、天変地異の前触れみたいだもんなぁ」

にやにやと笑いながら言われて、クロードが頬を染めるのがわかった。

「と、とにかく食え。腹が減っては戦はできぬからな」

「……はい。ありがとう」

「どういたしまして」

「さ、行こうぜ、クロード」

アレックスがクロードの背中をぐいぐいと押し、ルカの前から立ち去ろうとする。

「何で」

「何でって……一人になりたいときはあるだろ、誰だって」

「食事は人数が多いほうが美味《おい》しい」

「それは一緒に食べているときだ。――じゃあな、ルカ」

なんやかんやと言いつつもクロードとアレックスが出ていったので、ルカは一人ぼっちになって天井を見上げる。

一人になりたかったのはやまやまだが、孤独になると自分の境遇の不甲斐《ふがい》なさが身に染みた。ルカは現実に無一文で、自分の身許を証明するものを何一つ持っていなかった。船から落ちた経緯がある以上は、船員たちが自分を探してくれるとは思い難い。

「あーあ……」

膝《ひざ》を抱えそうになったルカは、オートミールを食べようと思い立った。

腹が減っては戦はできぬと先ほどクロードが言っていたではないか。

それにしても、静かだ……。

蒸気機関があれば便利なのは常識で、石炭の値段が日々跳ね上がって船長や機関士はいつも渋い顔をしていた。なのに、この屋敷は蒸気を使わずに生活をしているのだろうか。

魔術士の屋敷ならば、怪物やおばけが出たりするのだろうか。

クロードが自分をアンデッドと疑ったことを思い出し、怖くなったルカはぶるっと身を震わせて、頭からすっぽりと布団を被《かぶ》った。

初めてルカを見たとき、人形かもしれないと思った。

綺麗な、綺麗な、作り物の人形。

もしかしたら悪戯《いたずら》好きのアレックスがルカを驚かせるため、魔術で作ったのではないかとクロードは疑ってしまったくらいだ。

もちろん、そんなことはなかったのだが。

ルカはオートミールを食べ終えただろうか。

気をつけて作ったのだが、塩加減はどうだったろう？

いろいろと気になってしまっていても立ってもいられなくなり、クロードが彼の部屋の前をうろうろしていると、廊下の向こうに誰かが立ちはだかった。

「何やってんだ、クロード」

アレックスとその友人のナサニエルだ。

「……散歩だ」

「散歩ってこの家の中でか？　そうでなくても寮は古いんだから、歩き回りたかったら外へ行け」

「どうしようと私の勝手だ」

「勝手かもしれないが、共同生活ってものがあるんでね」

「………」

それだけでやり込められてしまったクロードがぐうの音も出ないでいると、アレックスがにたにたと下卑た笑みを浮かべる。クロード以外の前ではそれなりに優しい先輩を装うが、アレックスの性格はよろしくない。何かと先輩風を吹かせて、クロードを魔術の実験台にしたことも一度や二度ではなかった。

「ルカが気になるんだろ」

「わ、私はべつに……」

「誰かが邪魔しているわけでもなし、顔を見ればいいだろ」

「そういうわけじゃない」

「じゃあ、俺が見にいくか」

アレックスがドアノブに手をかけたので、「よせ！」と慌ててドアに飛びつく。その隙《すき》に彼がひょいと避けたため、クロードはあえなく床に倒れ込んだ。

「いてて……」

慌てて鼻を押さえるクロードに、「大丈夫？」とやわらかな声が降ってくる。

ルカだった。

「平気だ。おまえ、立てるのか」

「うん。お手洗いを聞こうと思って」

背後ではアレックスとナサニエルが声を噛み殺して笑っている。

「手洗いならこっちだ」

「ありがとう」

ほんのりと微笑《ほほえ》むルカに見惚れ、クロードは真っ赤になるのをまざまざと自覚した。

やはり、ルカはとても綺麗だ。将来はきっと、目も覚めるような美人になるだろう。

クロードは下級貴族の生まれで、魔術士としての素養に恵まれたのに病弱だった父を早くに亡くしたため、家は貧しかった。物心がついた頃に遠縁の大貴族であるエミリア家に引き取られ、魔術士になり、家督《かとく》を継ぐことを義務づけられた。その代価として、クロードは母親に何不自由ない暮らしを与えてほしいと願った。

だから、どんな些細《ささい》な失敗だってできない。

そう思って気を張って暮らしていたのだが、魔術士になりたいなどと豪語する連中はたいてい鼻持ちならない連中が多く、同じように学んでいても衝突するばかりだった。特に、血筋に優れているクロードなどは嫉妬《しっと》の対象らしく、クロードより一つ年上でのんびりしたジョーイだけが、クロードを受け容れてくれる友達だった。

あの日、浜辺に行ったのもアレックスらとの議論で言い負かされた悔しさから、一人になりたくて敷地を飛び出したのだ。そのうち宝探しを始め、ルカに出会った。

魔術の素養を持つのはだいたいが魔術士の血筋に当たるが、中には突然変異的に素質に恵まれるものもいる。クロードは前者で、アレックスは後者。何をするにも兄弟子であるアレックスに敵《かな》わなかった。

魔術士になるために義父が大枚を叩《はた》いて弟子入りの道を開いてくれたのに、このままでは下級の魔術士として魔術省で下っ端になるのが関の山だ。

それが情けなくて恥ずかしくて、自分に毒づいている真っ最中にルカを見つけた。

普段は見なかったことにしてしまうが、死体を魔術の実験に使おうと思って近づいたのだ。

それだけに彼が生きていたのに驚き、そして、自分よりも年下の子供を実験に使おうと思ったのを恥じ、クロードは彼には優しく接しようと心に決めたのだった。

「オートミール、美味しかった。ありがとう、クロード」

「……本当か？」

「もしかして味見しなかったの？」

「したけど、自信があまりなかった」

それを耳にして、ルカがくすりと笑った。

「な、何だ？」

「クロードって最初は自信満々だったのに、料理は苦手っぽいんだね」

「悪いか？」

「ううん。そういうところ、ちょっと安心する」

「安心？」

「魔術士って何となく……怖そうだから」

ルカが自分の胸のあたりで右手を握り締めたので、そうか、とクロードは納得した。

世間一般の魔術士に対するイメージは「怖い」なのだ。

「私はこう見えて、怖くない」

「あ、それはわかってる」

「わかってるのか？」

精いっぱい威厳を示そうとしてなるべく重々しい言葉遣いだってしているのに、怖くないのであれば大した侮辱だ。

そう思ってクロードが唇を噛み締めたのに対し、ルカは「だって、優しいから」と笑った。

「優しい？　私が？」

「うん。いつも気にかけてくれてる」

「それは、おまえを拾ったのは私だからだ。課せられた責任を果たしているにすぎない」

「……それが優しいんだ」

誤解だ。

自分はルカに努めて親切にしているだけで、そうできる相手はルカだけだ。

彼を見ていると、自然と優しくしようという気持ちが生まれてくるだけで。

なのにそれがどういうものかわからずに、クロードは少し考えかけたものの、すぐに思考を停止させた。


三日も寝ていれば、健康な子供であれば体力を取り戻す。

ルカもそうで、すっかりベッドで寝ているのも辟易《へきえき》し、寝台でだらだらするのに飽きてきた。

「おい、ルカ」

部屋にやってきたクロードが腕組みし、ふんぞり返るように強い視線でルカを見やった。

「はい、クロードさん」

クロードやアレックス、ナサニエル、それに小間使いのハンナといった面々に対し、ルカは自然と丁寧な言葉遣いをするようになっていた。

今のところルカは、クロードが勝手に拾ってきたお荷物なのだ。

しかし、ほかの人々はそのことには特に何も思っていないようで、一人くらい住人が増えても何かを言われたりはしなかった。

「マーリン先生がおまえの顔を見たいそうだ」

「…………」

ルカは目を丸くする。

とうとう、その日が来たのだ。

緊張するルカは、どきどきしてきた胸のあたりを押さえた。

体調と反比例するように、気持ちは重かった。

眼鏡をなくしたせいで、いろいろと普通でないものが見えてしまうのだ。

こんな状態で、偉大な魔術士だと彼らが口を揃《そろ》えるマーリンに会うのは気が引けた。

「行くぞ」

「はい」

広い敷地にはいくつかの建物があり、一つが寮、一つが研究所、そしてマーリンの館だった。マーリンの居館と十数人はいる弟子たちの住む寮とのあいだには木立があり、静かで見晴らしがいい。

クロードは重々しい樫《かし》の扉を開けて玄関ホールから入り込み、いつもと大して変わらぬ顔つきでルカを先導していく。

「クロード、緊張してる？」

「どうしてわかる？」

「――何となく」

クロードの輝きが、今日は少し鈍って見えるせいだとは言えなかった。

「ここだ」

マーリンの部屋はまるで芸術品と見紛《みまご》うばかりに、木や花、果実といったモチーフが彫刻されたドアを開けたところにあるらしい。

尤もこの家全体がそういう装飾過多な作りになっており、中でもとりわけマーリンの部屋が一番激しいようだった。

普段はシンプルそのものな船に住んでいたルカだけに、こうした華美な空間にはどうしても慣れなかった。

「先生、クロードです。連れてきました」

クロードがドアをノックすると、「どうぞ」という艶《つや》っぽい声が聞こえてくる。

クロードがノブに手をかける前に、ドアが大きく開いた。

室内はカーテンが閉められて薄暗く、頭上に吊り下げられたクリスタルが光を放って室内を照らしている。

部屋の中央にデスクと椅子を据え、背の高い人物が座っている。

これが、マーリン先生……?

さらりとした長い金髪はくすんだ色味で、膚《はだ》は白く唇は咲き誇る薔薇《ばら》みたいに真っ赤だ。

黒いローブが重そうだが、よく見ると黒い糸で刺繍《ししゅう》が入っていて地味なわりには装飾が多い。考えてみればカーテンを開ければいいのに部屋の光源を魔術にしているあたり、彼女は演出過剰な傾向にあるのかもしれない。

ん……？

「どうした、ルカ」

まじまじとマーリンを見やるルカに対し、クロードが声を荒らげる。

「いえ……その」

——男だ。

何気なく相手の下肢に目をやってしまい、ルカは慌てて視線を上げた。

もう一度顔を見ると、化粧をしている。

だが、つくものはついているはずで、胸はない。

どういうことかと度肝を抜かれるルカの顔を目にし、マーリンが眉を顰める。

「もしかしてあなた、見えるのね」

「見える？」

反応したのはクロードのほうだった。

「何でもないの。クロードはもう下がっていいわ」

マーリンは犬の子でも追い払うようにしっしっとジェスチャーをすると、クロードを部屋から出してしまう。

クロードは何か言いたげになったものの、マーリンはもちろん取り合わなかった。

ルカも申し訳ないとは思ったが、今は、マーリンとの会談が大事なのだから仕方がない。

暫《しば》く黙っていたマーリンは、腕組みをしてルカをじいっと見据えた。

「いつから見えてる?」

唐突に切り出されて、ルカはやはり隠せないと直感する。

この人は魔術士なのだから、そうしたことだって見抜けるのだろう。

「……ずっとです」

「それは不自由だったわねえ」

「いえ……眼鏡をすると見えなくなるので」

「なるほど、一枚隔てるとよけいなものが見えなくなるのね。ええ、それはいいわ」

何を納得しているのか、両手を合わせたマーリンはうんうんと頷く。

「どうしてわかったんですか?」

自ずと敬語になって居住まいを正すルカに、彼女――いや、彼は笑みを浮かべた。

「私が話をするより先に男だって感じ取っていたでしょ」

「ええ、まあ……」

「それでぴんと来たのよ。ここの生徒はたいてい、魔術士になりたくて思い詰めてくる朴念《ぼくねん》仁《じん》ばかりだから、男か女かなんてまず考えもしないわ」

そんなはずはないだろうと思ったが、クロードのような堅物ならあり得る。

ルカだって、酒の席の余興やカーニバルでもないのに女装している人物に会うのは初めてだ。

「私が見えているこれは、何なのですか?」

「生き物が必ず纏《まと》う生気みたいなものかしらねえ。生気は躰に沿って放出されるから、服を着ても人の輪郭がわかってしまう——と思うわ」

マーリンの表現は曖昧《あいまい》だった。

「はっきりしなくて悪いけど、見え方に個人差があるの。私だって見ようと思わなくては見えないけど、術を使っても、すぐにわかるのは相手が生きているか死んでるかくらいよ。実際には役立たないわ」

「………………」

「どっちにしても、素質がある証拠よ。かなりお得な体質だわ。あなた、魔術士におなりなさいな」

「学費を払えません」

即答だったが、マーリンは大きく首を振るばかりだ。

「学費なんていらないわ。魔術士になるってことは将来国の役に立つことでもあるからねえ。この学校はプロフォンドゥム侯爵から補助が出ているの」

「プロフォンドゥム侯爵って?」

「あら、知らないの? そういえば、あなた英国人じゃないんですっけ」

「はい」

「プロフォンドゥム侯爵は有力な貴族にして、魔術世界の庇護者《ひごしゃ》ね。ただし、呪《のろ》いには滅法弱い体質だから代々魔術士にはなれないわ」

よくわからないが、プロフォンドゥム侯爵とやらのおかげで英国の魔術界は成り立っているらしい。

彼が魔術省を束ねているため、魔術士たちは好きなだけ研究に打ち込めるのだという。

「ともかく、そういう意味で費用の心配は不要よ。プロフォンドゥム侯爵の目的は、優秀な魔術士を作ることですからね」

作るという言葉に非人間的なものを感じたが、いちいち引っかかっていては話が終わらなくなりそうなので、ルカはその部分は聞き流した。

子供にだって、それくらいの処世術は備わっている。特にルカは、大人に揉《も》まれて生きてきたので、そういう意味では擦れていた。

「わかりました」

「その体質、親御さんはどうだったの？　強い魔力は遺伝するものよ」

「親はいません。私は棄《す》て児《ご》で、籠《かご》に入れられて港に流れ着いたそうです」

「あら」

マーリンは目を見開き、そしてルカをまじまじと見つめた。

「あなたには残酷だけど、流されたのかもしれないわね」

「流された？」

その可能性を考えたことがないわけではなかったが、いざそれを口にされるとショックだった。

「魔力の強い子供を持て余すと、そういう残酷な真似《まね》をする親もいるのよ。魔力なんて、望んだって手に入らないものなのに」

ぶつぶつとぼやいたマーリンは、それから漸くルカに視線を戻した。

鋭い瞳は、ルカの腹の底まで見通しそうなほどだ。

「それで、答えは？」

「急に言われても、すぐには決められません。考えたこともなかったし」

「――そう。だったら、それまで下働きでもしてちょうだい。もちろん、出ていってもいいけど、旅券も身分証もないでしょ。私がプロフォンドゥム侯爵にかけ合ってもいいけど、それだって何か月もかかるわ」

「僕は船に……」

「戻れるかしらねえ。一応港に聞いてみたけど、ルカって子供を捜している船はなかったわよ。本当にあんたを捜してるなら、あちこちの港や浜辺に電報を打ってるわよ」

ぐっと黙り込む。

「海の連中はそういうところ、割り切りがいいの。好きなところで死ねてよかったくらいに思ってるわよ」

マーリンは追い打ちをかけてくる。

「でも、僕の居場所は……」

「あんたは若いでしょ。何度だって新しく作ればいいのよ、自分の生きる場所を」

「僕の……生きる場所？」

「ええ」

微笑んだマーリンの目が和《なご》んだ。

「それはここかもしれないし、別のところかもしれない。どっちにしたって、あんたはこれから先、自分の人生を自分で決められるのよ」

ルカは目を見開いた。

自分の人生。

考えた経験なんて、一度もなかった。

物心がついたときから船の上にいて、彼らと一緒に暮らすのが当たり前で、船から下りることを思いつかなかったからだ。

陸で少し暮らしていれば、陸と海のどちらが性に合うかがわかるかもしれない。

それに、クロードに拾われた恩を返さなくてはいけない。

いずれは離ればなれになるからこそ、早いうちに恩返しするに限る。

「返事は一週間後に聞くわ。下働きの仕事についてはハンナに聞いてちょうだい」

「はい、ありがとうございました」

丁重にお辞儀をしたルカはマーリンの前から立ち去り、それから、ゆっくりとした足取りで階段を下りた。

玄関ホールを出たところで目を瞠《みは》ったのは、光の塊が見えたからだ。

「！」

違う。

クロードだった。

鮮やかな陽光を一身に浴びるクロードは、彼の本来の命の輝きと合わせてまるで宝石のように煌《きら》めいていた。

特に輝いて見えるのは、その金髪だ。

それはルカの心を妙にざわめかせる、不可思議な煌めきだ。

思わず目を細めるルカに、クロードが「どうだった？」と問う。

「……え？」

反応が一拍遅れたのは、ルカがついクロードに見惚れていたせいだった。

「え、じゃないだろう。マーリン先生との話だ」

「あ、これからどうするかって話をしました」

「どうするんだ？　出ていくのか？」

ルカが魔術士としての修行を始める可能性は、クロードの頭にはないようだ。

「いえ、暫くは下働きとしてここに置いてくれるって」

「そうか！」

クロードの声が素直な喜びに満ち、彼の全身が更に鮮やかな光を帯びる。

それがあまりにも眩しくて、ルカは瞬《まばた》きをしてしまう。

クロードにはきっと表裏がないのだろうと、ルカは思った。

彼の気持ちは素直な光となって、その心身から滲《にじ》み出る。

利害関係も損得勘定もなく、こうして自分を大事にしてくれるクロードの気持ちが、くすぐったくて面映《おもは》ゆかった。

「嬉《うれ》しいのですか？」

「当然だ。私はおまえを拾ったんだ」

「でも、私は元気になりました。あなたが責任を感じる必要性はないはずだ」

「そ、それでも、おまえがここにいるんだ」

照れたようにクロードは顔を赤らめ、それからルカに目をやった。

「おまえがここにいるのは嬉しい。おまえは、その……私の弟みたいなものだからな」

「…………」

驚いた。

ルカにここにいてほしいと言ったのは、クロードが初めてだった。

マーリンが寮への逗留《とうりゅう》を許したのとはまた少し、理由が違うのは明白だ。弟のようなものと言われても、ルカにはとても嬉しかった。


「よし」

皿洗い完了。

ルカは小さく呟《つぶや》き、磨き上げた皿を満足げに見下ろした。

陸での生活に慣れるのに時間がかかるのではないかと思ったものの、日常が始まるとあっという間にルカはそれに馴染んだ。

マーリンはルカに眼鏡を誂《あつら》えてくれたので、それがあれば生活に支障はない。

結局、ルカは下働きの仕事を選んだ。

魔術士に興味があったけれど、やはり、豚を爆発させたあの曲芸が心の奥底に残っている。それに、魔術士になるのを選べば、クロードとは必然的にライバルになってしまう。

それはなぜだか躊躇《ため ら》われて、ルカは下働きを選ぶと答えたが、マーリンは特に引き留《と》める様子もなかった。

下働きの仕事は多岐にわたる。

早起きして朝食の支度、掃除洗濯、庭の手入れ、昼食の支度、そのあいだに買い出し、夕食の支度、などなど。

こうして夕食後の皿洗いが終わると、ようやくルカにとっては自由時間だ。

勝手口から裏庭にするりと抜け出したルカは、そのまま屋敷の敷地内にある丘へ向かった。

ここからは港が見渡せる。

といってもこの島にある港は小さく、ルカの乗っていた船が寄港するような規模ではない。

買い出しのついでに仏蘭西からの貿易船が通らなかったかを水夫や商店の人々に聞いてみたが、誰もそんな船は知らないとのことだった。

無論、ルカを探している船もない。

覚えているのは船の名前と船長や船員の皆の名前、いつも使う港。しかし、幼いルカにとって仏蘭西は途方もなく遠いうえ、金もない。

船乗りは仲間の死を悼《いた》みはするが、必要以上に引き摺《ず》らない。

それがルカのような存在ならば尚更だ。死んだと思われているに、決まっている。

やわらかな下草の上に腰を下ろし、ルカは星を見上げた。

夜のあいだ、船に乗っていると星と一緒に旅をしている。すなわち船が動き、星も動く。

でも、陸にいると違う。

ひとところにいれば、星だけが動いて、人はただ置いていかれる。

まるで、今のルカのように。

自分の北極星を見失い、漠然とここにいる己について思い返すと、ただひたすらに虚《むな》しくなる。

いつの間にか北風が冷たく、冬が近づいているのだと実感してしまう。

今宵《こよい》は星がぱらぱらと見えるばかりで月は出ていない。

ああ、そうか。そういえば、今日は新月だった。

船に乗っているときは潮の満ち引きが大事なので月には気を配っていたが、一か月ほど陸に上がっただけで、そんな大事な習慣さえも忘れてしまったのだ。

ぞっとする。

自分が船の上での生活を忘れてしまうように、船員たちもルカを忘れてしまうのではないか――そう思うと。

怖い。

「畜生……」

汚い言葉で罵《ののし》ると、不意に、頭上が暗くなった気がした。

「？」

雲でも出てきたのだろうかとうっすら目を開けたルカは、それから、慌ててがばりと身を起こした。

「クロード、様……⁉︎」

一応は下男の身の上なので、クロードには『様』をつけなくてはいけない。それはわかるのだが、規律はあっても荒くれ者ばかりの船上で育ったルカには馴染み難《にく》い習慣だ。

そんな生活で、クロードは常にルカを気にかけてくれた。

どうしてそんなに一生懸命なのか、ルカ自身にはわかるようでわからない。

クロードは、マーリンの弟子の中では最年少。血筋はいいくせに才能はあまりない。一番優秀だと言われるアレックスに比べると格段に見劣りし、マーリンも苦笑いする始末だ。

だから、ルカのようなあからさまに非力な役立たずがいると、安心できるのかもしれない。

そんなふうに考えてしまうのは、ルカがひねくれているのだろうか。

実際、クロードが自分を大事にしてくれる理由は判然としなかった。

「おまえも罵ったりするんだな」

「あの、その……これは……」

「責めてるわけじゃない」

クロードは右手を挙げ、笑みを浮かべてルカの傍《かたわ》らに腰を下ろした。

「どうした、辛気くさい顔をして」

「一人にしてください」

「珍しいな。何を拗《す》ねているんだ？」

「考えごとしてるだけです」

「一人で何かいらんことを考えていても、暗くなるだけだ」

正しい忠告かもしれないが、誰にだって孤独を求める心はあるはずだ。

だから、クロードを早く追い払いたくてルカは尖《とが》った言葉をぶつけてしまう。

「暗いのは生まれつきです。髪も目も黒くて陰気だって、皆に言われたし」

「何だって？　誰だ、そんなこと言ったのは」

「え……それは……」

クロードと同じく魔術を学ぶジョーイという栗色の巻き毛とそばかすが目立つ少年だったが、クロードの剣幕にルカはその名前を口にするのを躊躇った。

「言え、ルカ」

「いいんです、女の子でもないのに……大したことじゃない」

「言うんだ」

「嫌だ」

ルカが強情に口を噤《つぐ》んだので、クロードは小さく息を吐いた。

呆《あき》れてこのまま立ち去るのかと思ったが、違った。

「私は、綺麗だと思う」

クロードはきっぱりと言った。

「え？」

「おまえの目と、髪。闇に溶けるみたいですごく綺麗だ」

初めて自分の容姿を褒められたので、ルカは目を見開いた。

慰めにしては、ずいぶん直接的だ。

「……褒めてるんですか？」

「そうだ」

「……そう」

疑《うたぐ》り深く額面どおりに受け取ろうとはしないルカの言葉に、クロードは「仕方ないな」と呟いた。

「何が、仕方ないんですか？」

「信じてないだろ？」

「だって、綺麗なのはクロード様のほうだ。金髪で、紫の目で……」

「そういうんじゃなくて……いいか、見てろ」

クロードが右手の人さし指を伸ばしてそっと何かを唱えると、指先が光る。

膨らんだそれは指から離れて小さな粒となり、やがてシャボン玉のように大きくなった。

「わ……」

光の球はクロードの頬を微かに照らし、それは金髪を鮮やかに染める。

マーリンに最初に会ったときに部屋を照らしていたもの、それと同じ光だろうか？

「これが魔術……？」

「そうだ。魔術は怖いだけのものじゃない。もう一つ出すぞ」

ぶつぶつと早口で呪文を唱え、クロードは次の光を生み出した。

魔術というのは心胆を練ることで生まれるとクロードは言い、彼の修行の多くは精神統一が必要となる。

破壊だけならば風や空圧といったものをぶつければそれなりの力は出るが、ものを作り出すのはその仕組みを知らなくてはいけない。

だからこそ魔術は難しいと、クロードはしばしば語る。

修行としての彼の勉強の多くは、世の中に存在するものの構造を知ることにあると言っても差し支えがなかった。

彼は常に辞書を積み上げ、木々や花、虫や小動物を捕まえて実験を繰り返している。

ルカを初めて拾ったときに死体だと勘違いし、解剖しようとしたのも、彼の向学欲を考えれば無理からぬことだった。

「どうだ、すごいだろ」

得意げに言ったクロードに、ルカは「はい！」と頬を紅潮させて頷く。

ルカの周りをふわふわと漂う二つの玉は、清冽《せいれつ》な光を生み出してあたりを照らしている。その光を浴びるクロードの目は澄んでいて。そこにルカが映っているのだと思うとどきりとした。

「光は闇があるから綺麗で、映えるんだ。おまえの髪と目は光と対になってる。それは誇ってもいい」

よくわからない理論だったが、光と闇は表裏一体だと言いたいらしい。

「はい、わかりました」

「本当にわかったのか？」

「すごく」

そう、すごくよくわかった——クロードが途轍《とてつ》もなく不器用だという事実が。

誰かを慰めるのも褒めるのも、上手くできない。

けれども、彼のその思いがとても嬉しい。

「ありがとうございます」

「もっと見たいか？」

「はい」

本当はもうこれくらいでよかったのだが、クロードがやりたそうだったので、ルカは同意を示した。

「よし！」

クロードが調子に乗って、光の玉を次々と生み出す。

彼がどうやってそれを生み出しているのだろうと、試しにルカが眼鏡を外してみても、いつもと同じでクロードの躰が光っているだけだ。それでもその光が弱くなった気がするのは、玉を作るのに光を消費したからかもしれなかった。

「眼鏡、ないと見えないだろ」

「ううん、これがいいんです」

クロードも、彼が生み出す光も、何もかもが綺麗だ。

そしてその光はルカのような存在がいるからこそ浮かび上がるのだと思うと、ひどく誇らしかった。

「私は絶対に、高名な魔術士になる。だから、おまえは隣にいろ」

「私が？」

「そうだ。私がクロード・エミリアの名を轟《とどろ》かせるところを見届けるんだ。それがきっと、おまえを拾ったことの意味だ」

「はい」

社交辞令のつもりで頷くルカに、クロードがほんのりと笑む。

「約束だからな」

「わかっています」

「そうか！」

クロードは目を細めてとても嬉しそうに笑い、ルカの肩を抱き寄せる。急に彼の体温が近くなったのにルカは赤くなり、なぜか躰を強張《こわば》らせてしまう。

「どうした？」

「いえ……」

どうしよう。

どうしてなのか、心臓がどきどきしている。

クロードの声を掻き消してしまいそうなくらいに、激しく。

ルカは自分の胸の上に手を置いて、そのうるさいくらいの鼓動が鎮《しず》まるように祈った。


クロードが寝込んだのは、その翌日だった。

二人で遅くまで外にいたせいか、風邪を引いてしまったらしい。

ルカが掃除のあとにクロードの個室を訪れたところ、彼は蒼《あお》い顔をして眠っていた。

音を立てないようにと水差しの水だけ替えようとすると、不意に、クロードが目を覚ます。

「……ルカ？」

「そうです」

「よいところに来た。代わりに食べていいぞ」

クロードはそう告げると、ぽいとルカに何かを放って寄越した。

だが、手に力が入らなかったらしく、それは失速して床に落ちそうになる。

身を屈《かが》めて慌てて受け止めたものは、真っ赤に熟した林檎《りんご》だった。

「これは？」

「林檎だ。わからないのか」

からかうような声も、少し弱々しい。

「それは見れば、わかります」

「魔術で作ったわけではないから、安心しろ」

「アレックス様の差し入れですか？」

「あれがそんな玉か？　ハンナだよ」

それでもルカは、不審げに林檎をまじまじと見つめてしまう。

このあいだクロードにもらったお菓子を食べようとしたらいきなり蛙《かえる》に戻ったので、警戒しているだけだ。

食用蛙ならともかく、そうじゃない蛙を食べるのは御免だ。

むすっとするクロードは、ルカに「寄越せ」とジェスチャーをする。

そして林檎を手にすると、それに齧《かじ》り付いた。

しゃくっという音。

一瞬にして、林檎の香りが強くなる。

「――ほら」

「あ、ありがとう…ございます」

クロードが口をつけた林檎だと思うと、なぜかひどく意識してしまう。

「どうした？　警戒してるのか？」

「いえ」

警戒というより、意識だ。

ともあれ一口齧った林檎を受け取り、ルカは躊躇った末にそれに歯を立てる。みずみずしい林檎は甘酸っぱく、それでいてさっぱりとして美味しかった。

「そんなに食欲をなくすなんて、酷い風邪ですね」

「馬鹿《ばか》、これは……」

言い止《さ》して、クロードは気まずい顔をして「そうだな」と軌道修正する。

「風邪じゃないんですか？」

「風邪だ」

ぶっきらぼうに言ったクロードは、布団を被るなりルカに背を向けてしまう。

「おやすみなさい、クロード様。焦らないでゆっくり治してください」

「……ああ」

こんなに美味しい林檎さえ食べられないなんて、重症だ。

修行が大変で、躰が弱っていたのだろう。

そもそもあまり魔術を好まないルカにとっては、クロードが寝食を忘れて打ち込む魔術というものに偏見めいたものがあった。

今は蒸気機関のおかげで、さまざまな機械ができた。冷暖房はもちろん、工場を動かしたり、部屋を換気するためのファンを動かす動力源としてなど、用途は多岐にわたる。

だが、この屋敷はいかにも時代錯誤で、蒸気機関そのものが存在しない。

従って料理も掃除も洗濯もすべて手動で、使用人たちの負担は相当なものだ。

科学は人を幸せにするものだから、魔術にこだわらずに科学の力だって借りればいいのに。

しかし、それを口にするとクロードの生き方そのものに文句を言っているように思えて、絶対に話題にはできなかった。

クロードは純粋に、魔術を信じているからだ。

クロードにもらった食べかけの林檎を齧りながら、ルカは今尚ベッドに釘付《くぎづ》けになったままの彼のことを考えてため息をつく。

何か、彼の食欲が増す方法はないだろうか。

「あ！」

アップルパイを作るのはどうだろう。

パイは油っぽいかもしれないが、そもそもクロードの好物だ。

こんな新鮮な林檎は勝手には使えないが、古くなってしまったものならば木箱にいっぱいあったし、怒られないだろう。

俄然《がぜん》やる気を出したルカは台所に向かい、ついこのあいだハンナに教わったばかりのアップルパイを作り始めた。

そう考えて二時間ほどかけてパイを作ったルカは、今度はこれを渡す口実に悩む羽目になった。

食欲がなさそうだからというのが正しいが、そのまま口にすれば、クロードは臍《へそ》を曲げそうだ。それに、クロードだけあからさまに贔屓《ひいき》するのも、使用人としてはまずい。

アップルパイに切れ目を入れてから皿に載せたルカは、それを持ってうろうろと考え、それからアレックスに先に渡そうと思いついた。

この時間帯は、アレックスはいつも庭で日向ぼっこをしながら魔道書を読んでいるはずだ。

外に出てアレックスを探すと、やはり彼は楡の木に背中を預けて魔道書に熱心に視線を向けている。

声をかけるのも憚《はばか》られると困っていると、アレックスが不意に顔を上げた。

「いい匂いだな。シナモンと林檎とバター……アップルパイか」

「はい、ちょうど焼き上がったところです」

「わざわざ俺のために？」

「いいえ、クロード様に。あ……その、アレックス様にも。いつもお世話になってますから」

しどろもどろになったルカを見て、アレックスが小さく笑った。

「じゃ、一切れもらうから食べさせてくれよ」

「食べさせる？」

「そう、俺が口を開けるからそこに持ってきてくれ」

「は？」

アレックスの頼みに、ルカはびっくりしてつい失礼な応対になってしまう。だが、アレックスは気にしていない様子でにやりと笑った。

「手が油で汚れる。本を汚したくないんだ」

「あ、ええ……それだったら、どうぞ」

ルカは大きめの一切れを選び、そのパイをアレックスに差し出す。すると、彼は口を開いてそれをさくりと齧った。

「うん、旨《うま》い。おまえ、才能あるよ」

半分ほど無言で食べていたアレックスが、小さく笑う。

「よかった……これならクロード様も食べてくれるでしょうか」

「無理だな」

「え……？」

「あいつは貴族の出だからプライドが高いだろ。おまえが何か持っていけば、施しだって思うに決まってる」

意味が、わからなかった。

だが、確かにクロードは今までに一度もルカに何かを要求しなかった。彼から何かをくれることはあっても、ルカに求めたことはない。

「そもそも使用人からいちいち感謝の気持ちを受け取っていたら面倒で仕方ないだろ。あいつにはそういう気持ちないよ」

打ちのめされたルカは、無言で大きなパイを見下ろした。

「代わりに俺がもらってやる。ほら、もっと食わせろよ」

「はい」

残りのパイを食べる手伝いをして、とうとうアレックスが最後まで食べ終わる。すると彼はルカの右手をはしっと押さえてそれを舐《な》めた。

「ひゃっ⁉」

「油で汚れたからな。綺麗にしてやる」

「待って、でも……」

そもそもパイを食べたアレックスの舌だって汚れているはずだと思ったが、言葉にならないのは、彼の舌が動くたびに躰の神経がぞわぞわと動くせいだ。

「だめ、です……」

「ルカ、おまえは敏感だな」

「敏感……？」

首を傾げるルカを見やり、アレックスは「わからなくていいよ」と肩を竦《すく》めた。

それから彼は手を離し、ルカから距離を取る。

「どっちにしても、それはクロードにはやるなよ」

「…………」

視線を感じた気がしてルカが頭上を見やると、二階の窓が開け放たれている。

カーテンがふわりと揺れ、誰かが庭を見下ろしていたようだ。

クロードの部屋だ。

もしかしたら、今の光景を見ていたのかもしれない。

なぜだか胸のあたりがぞわっと痛くなったが、ルカは気にしないようにと努めた。

「お互いにいい刺激になりそうだ」

「何ですか？」

「こっちの話。パイ、ご馳走様《ちそうさま》」

「どういたしまして」

「ほかの連中にも分けてやれよ」

「そう……ですね」

それでも一応クロードの部屋に向かったルカは、彼の部屋の扉をノックした。

しかし、何度ドアを叩いても返答はなく、寝てしまったのだろうと諦めた。

どうしてクロードが沈黙しているのか、ルカにはまるでわからなかった。

でも、クロードに拒まれるのはとても淋《さび》しい。

ルカはこつんとドアに額を預けて、目を閉じる。

クロードの存在が自分の中で大きくなっていく。

苦しくて、たまらない。

どこかでこの感情を吐き出してしまいたい。

この気持ちは、何だろう……?

そうでなくては、ルカは楽になれそうになかった。

3

――原初、世界は闇《やみ》から生まれた。

深淵。闇。漆黒。

クロードの背後に広がる大きな闇から伸びてきたのは、やはりくろぐろとした触手だ。

これは闇でできている、と直感した。

これに触れられて引きずり込まれれば、自分も『あちら側』へ行ってしまう。

息を切らせて走っていたクロードは、必死で何もない空間を走って行く。

そう、ここには何もない。

真っ白な空間には広がる闇と、白いだけの空間と、そしてクロードと。

だから、ふと思った。

どうして走り続けるんだろう？

誰《だれ》もいないのに。何もないのに。

この闇から逃げようと努力するよりは、闇に呑《の》み込まれてしまったほうが楽なのではないか。

だって、これは彼に似ている。目の色や、髪の色に。

懐かしい、美しい黒。

速度を緩めかけたクロードの耳に響くのは、彼の声だった。

——いけません！

はっと目を覚ましたクロードは、がばりと起き上がった。

「ルカ……？」

違う。ルカの姿はどこにもない。

はあはあと肩で息をしていたクロードは、自分のナイトシャツの袖《そで》で額に滲《にじ》んだ汗を拭う。

ルカがいるわけがないのだと苦笑を浮かべ、数度瞬《まばた》きをした。

もう、朝だったのか。

分厚いカーテンの隙間《すきま》から、陽光が入り込んでいるのがわかる。

見習い魔術士になったクロードは、セレディス島に残ったルカと離れてもう三年にもなる。

そのあいだ一度も、ルカと会っていないのだ。

とはいえ、ルカを忘れたときなど、一度たりともない。

今だって、自分をこの悪夢から現実に引き戻してくれたのは、ルカの存在だった。

ここ一、二か月のあいだ、よく見る夢だ。最後にルカの声で現実に戻るところまで、同じだった。

まんじりともしないまま朝を迎え、眠った気がしなかった。

クロードは自分の金髪をぐしゃぐしゃと掻《か》き混ぜて、ベッドからするりと抜け出した。

「おっはよう、クロード！」

身支度を整え、まだどこか腫《は》れぼったい目のまま食堂に下りてきたクロードに、手を伸ばしたジョーイが抱きついてくる。

「馴《な》れ馴れしくするな」

「だってさ」

彼はこの下宿で今尚《いまなお》一緒に暮らしている。不自由な下宿暮らしは性に合わないと出ていったアレックスやナサニエルとは、連絡すら取っていなかった。

無論、彼らとは相変わらず不仲だったので、どうでもいい話だったが。

「どうした？　変な夢でも見た？」

「ああ」

「へえ、クロードが見るのってどんな夢？　気になるなあ」

椅子《いす》を引いて座り込んだクロードは、下宿の女主人が淹《い》れてくれた紅茶の香気を吸い込み、人心地つく。

よかった。

まだ、生きている。

「闇に呑み込まれそうになる夢だ。このところ、よく見る」

「げっ」

ジョーイは頓狂《とんきょう》な声を上げ、まじまじとクロードを見やった。

「それってまずくない？」

「たかが夢だろう」

クロードは一刀両断にしたが、なぜかジョーイは不安げだ。

「それってさ、絶対にあれだぜ。失墜ってやつ」

「失墜？　墜落はしていないが」

ありふれた単語だが、この場には似つかわしくないようでクロードは眉根《まゆね》を寄せた。

魔術士として道を究《きわ》めようとするばかりに、どうしても近視眼的になりがちなクロードは、しばしばジョーイにからかわれる。担がれているのではないのだろうか。

「それは一般的な意味だろ。魔術士にとって失墜ってのは別の意味がある」

「説明してみろ」

「魔術士が闇に落ちるとか、道を踏み外すとかって話があるじゃないか」

「ああ」

別段、珍しい話題ではない。

魔術は世間一般の人間から見ればよくわからない不思議な力で括《くく》られるだろうが、術によっては悪魔や魔物の力を借りることもある。その力が強ければ強いほど、魔術士は魔の領域に引き寄せられ、我を忘れそうになるものだ。

「あれのことだよ」

「道を踏み外して邪に染まった魔術士は、幽閉されるのだろう？」

「それは捕まってから。失墜した魔術士は、悪魔の僕《しもべ》になって悪さをするって噂《うわさ》だ」

「噂、か」

危うく、真実なのだと鵜《う》呑《の》みにしそうになった。だが、噂ならば話半分に聞いておくに限る。

クロードの思惑に気づいたらしく、ジョーイが先回りして釘を差した。

「そりゃ、実例はあるかもしれないけど、そんなの聞いたら魔術士のなり手が減るだろ。そうじゃなくても科学省に押されがちなのに、魔術省がそんなことを公式に認めるわけがない」

「そういうものか？」

「そうだよ」

クロードは微《かす》かに頷《うなず》き、顔を引き締める。

「とにかくさ、おまえがそういう闇の夢を見るっていうのは少しまずいんじゃないか？　俺《おれ》たちにはわからないけど、何か予兆ってのがあるっぽいし」

「私が闇に落ちる理由はない」

「かもしれないけど……人間誰しも魔が差す瞬間ってあるだろ」

そこでジョーイは「あっ」と甲高《かんだか》い声を上げた。

「俺、九時から面接なんだよね。クロードは？」

「プロフォンドゥム侯爵との面会が、十一時に予定されてる」

それを耳にしたジョーイは、ひゅうっと下品な口笛を吹いた。

「いいなあ、さすがマーリン先生の秘蔵っ子だな。家柄も抜群だし、このままだと魔術省の幹部一直線コースじゃないか」

「そう上手《うま》くはいかないよ」

クロードは微かに笑みを浮かべ、今し方の会話を脳の片隅にまで追いやった。


この時期にしては珍しくうららかな陽射《ひざ》しに、クロードはつい欠伸《あくび》を嚙《か》み殺す。レースのカーテンから透けて入ってくる陽光にはどうしても慣れず、躰《からだ》の芯《しん》からとろけてしまいそうだ。

「クロード」

幼い声で呼びかけられ、視線を真っ直ぐ前に戻すと、クロードの雇用主がにこやかに笑んでいる。

躰の重心をさりげなく中心に戻し、背筋を伸ばす。

豪奢《ごうしゃ》な彫刻を施した椅子に腰を下ろし、クッションとぬいぐるみに埋もれているのは、アンブローズ・アディス――今のクロードの雇い主に当たる。

プロフォンドゥム侯爵の当主候補の一人であるアンブローズは幼い時分に呪《のろ》いをかけられ、今のところその肉体が成長する兆《きざ》しはまったくない。

クロードが初めて彼に会ったのは十年ほど前だったが、そのときもこの可愛《かわい》らしい姿のままだった。

つまり、恐ろしいことにこの幼児は完璧に成長が止まっているのだ。

しかも、いつからなのかは誰もが言葉を濁し、クロードに正確な情報を与えてはくれない。

「ね、クロード。僕の話を聞いている？」

きらきら光る目で見つめられて、クロードは「う」と心中で呻《うめ》く。

「どうなのかな」

だらしなく口許《くちもと》についたクリームを拭《ぬぐ》ってしまいたいという衝動と戦いつつ、クロードは素直に頭を下げた。

「申し訳ありません」

謝罪することで、クロードは話を聞いていなかったのを示唆《しさ》した。

「やだなあ。子供の話すことだから、聞く必要がないって思ってるの？」

舌足らずな発音は可愛らしいが、ずばずばと切り込んでくる内容はかなりきわどく、クロードは眉根を寄せた。

そうでなくとも、クロードはもともと子供は得手ではない。

そのうえ、アンブローズは子供であって子供でないのだからよけいに薄気味が悪い。

呪われたアンブローズの望みは、己《おのれ》にかけられた呪いを解くことだ。

しかし、いくらアンブローズがプロフォンドゥム侯爵の御曹司《おんぞうし》の一人とはいえ、己のために好き放題に魔術士を顎《あご》で使えるわけではない。

もし魔術士の力を存分に使おうとするならば、家督《かとく》を継がなくてはいけなかった。

折しも当代の侯爵はかなり長生きで五十年近く当主の座についていたようだが、この春から臥せっており、保《も》ってあと一年だろうと言われている。

そこでアンブローズと彼の弟であるバートラムは家督の座を巡る試験を受けるのだ。

そのために雇われたのが、マーリンの魔術学校を卒業したあと、更に修行をして一人前になったクロードだった。

「どうなのかな、クロード」

やけにしつこい追及にうんざりしつつも、クロードは真面目くさった顔で答えた。

「滅相もありません、アンブローズ様」

クロードの丁重な言葉遣いを耳にし、アンブローズは銀のスプーンを振った。

「そう。じゃあ、『遺物』の行方については？」

「こういうところで迂闊《うかつ》に話せません」

渋面を作ったクロードは、アンブローズの蜂蜜《はちみつ》色の頭を見下ろした。

「あれ？　そうなの？」

可愛らしく小首を傾《かし》げたって無駄だ。

「当たり前です。どこで人が聞いているかわかりません」

特に、クロードのライバルに当たるアレックスは、こういう小ずるい魔術が得意なのだ。

「えー。クロードと自由におしゃべりもできないなんてつまらないなあ」

行儀悪く椅子の上で足をぶらぶらさせて、アンブローズはぷうっと唇を尖《とが》らせた。

「バートラム様に先んじられて、困るのはアンブローズ様のほうと存じますが」

「そうだねえ、そろそろ爵位が欲しいし」

「……そろそろ？」

聞き咎《とが》めたクロードに対し、アンブローズはぺろりと舌を出した。

「ごめんね、今のは冗談《じょうだん》」

突っ込みを許さない口調で言ってのけたあと、打って変わってアンブローズはへにゃっとした顔で笑った。

「クロードの顔こわーい」

「生憎《あいにく》、これは生まれつきです。ご理解いただけますか」

「ふうん。じゃあ、遠くへ行くなら、おみやげを買ってきてね」

「遊びではありません」

ぴしゃりと言い放つクロードにアンブローズは「えー」と唇を尖らせた。

「クロード、冷たい」

「こういう性分です」

クロードに言わせれば、アンブローズのほうこそ危機感がなさ過ぎるのだ。

プロフォンドゥム侯爵の当主になるための条件は、アディス家に伝わる遺物を手に入れることだ。それが何であってもいいわけではなく、当代の当主から指定される。それができない限りでは跡継ぎと認められないので、その試験は候補が一人でも必ず行われるのだった。

長子継承にしないあたりが、いかにもこの一族らしい。

無論、クロードにだって、覚えがある。宝探しはいつだってわくわくするものだ。

夏の日に砂浜で魔力を秘めたものが漂着していないかと、夢中になって探索を続けた。

そうしてクロードが見つけた最大の宝物は、ルカだった。

今は離れてしまったうえに、ルカはマーリンにいとま乞いをして出て行き、それ以来、行方知れずと聞いている。だが、探しだしていつかきっと自分の従僕に迎えてみせる。

そのために、クロードに必要なのはルカを雇うだけの財力だ。養家であるエミリア家の丸抱えはプライドが許さないし、何よりも、ルカを養う甲斐性《かいしょう》くらいなくては魔術士失格だ。だからこそ、早く魔術士としての自分の地位を築き、確固たる権力を得たかった。

「たまには一緒に遊ぼ？」

「それは、すべてが終わったときにしていただけませんか」

「決まり！　じゃあ、クロードが帰ってきたらお馬さんになってね」

「……わかりました、考慮いたします」

「やったあ！」

ここで反論しても面倒な事態になるだけだとわかっていたので、クロードは適当に話を合わせる。

今回の宝探しは、アンブローズとバートラムにとっては遊びどころか真剣勝負だ。家督を継げるチャンスは概して一度きりなのだから、双方が必死になるのも当然で、優秀な魔術士を雇うのも納得がいく。

アンブローズがバートラムと二人で暮らすこの屋敷は、倫敦《ロンドン》の郊外に位置している。両親と共に住まないのは、家督争いのための守秘義務があるがゆえに、一時的に当代が二人を遠ざけたのだ。

何しろ、この遺物の探索には手がかりがない。

他の貴族であれば、宝物は領地に隠すだろう。そうでなければ、他の人間に見つかって奪われかねない。

だが、プロフォンドゥム侯爵が他の貴族と一線を画する理由は、領地を所有しない点にある。

伝説によるとプロフォンドゥム侯爵が統《す》べるのは虚無の魔界で、この地上にはないと言われている。事実、プロフォンドゥムという言葉は「地底」を意味するラテン語から来ている。

地の底を統べる侯爵というわけで、領地らしい領地は彼らが所有する複数の城館の周辺のみで、遺物を隠せるような場所はないし、すでに何世代にもわたって探し尽くされてしまっていた。

今回、アンブローズとバートラムが己の父によって捜すように命じられているのは『マリアの涙』なる遺物だ。

何でも聖母マリアが流した涙が青い薔薇《ばら》のかたちになったとの謂《い》われの宝石で、この世界のどこかに存在する。

けれども、封印を解き最初に触れたものは必ず呪《のろ》いを受けるという。

アンブローズや彼の兄弟たちが魔術士を代理に立てるのは、実際問題捜査能力に長《た》けているのが魔術士だという理由もあるが、その呪いが恐ろしいためであった。

「必ずや捜してまいれ」

「は」

クロードは背筋を伸ばし、きりりとした顔で一礼する。

「誰か供はいるか？　ジョーイだったか……そなたの友達がいたであろう」

「それには及びません」

己の傍《かたわ》らにいるに相応《ふさわ》しい人間は、この世界でただ一人。

その一人がいないのであれば、誰であろうと同じだ。

いずれにしても近日中には倫敦を離れるつもりで、クロードはあるじの前を辞した。

アンブローズの部屋を出て玄関へ向かう途中、ぬっと黒い影が立ちはだかった。

「バートラム様」

「よう」

アンブローズとは対照的にがっしりとした体躯《たいく》で見るからに二十代後半のバートラムは、にやりと笑った。

「ご健勝なようで何よりです」

一礼するクロードの社交辞令など聞かず、バートラムは自分本位に話し続ける。

「おまえもマーリンのところでは優秀だったらしいけどな。アンブローズに協力するなんて、失敗したと思っているんじゃないか」

「アンブローズ様は頭のよい方です」

褒めることもけなすこともしない、中庸《ちゅうよう》路線の口ぶり。

そうした言葉遣いも、倫敦に来て漸《ようや》く覚えた。

「そうかねえ」

バートラムは薄笑いを浮かべ、嘲《あざけ》るようにクロードを睥睨《へいげい》した。

「おまえも後悔する前に、アンブローズを見限って俺のところへ来い。プロフォンドゥム侯爵になった暁《あかつき》には、俺は魔術省を変えるつもりだ。どんな組織も硬直していては危うい。改革こそが今は必要だ」

「有《あ》り難《がた》いお言葉です」

最後にルカと交わしたのは、別れのためのものだった。

それも穏やかなものではなく、喧嘩《けんか》別れだ。

卒業してマーリンのもとを離れ、倫敦で修行することになったクロードは、ルカのために最後に魔術を見せようと試みた。

昔、ルカが喜んだ、あの光の玉を生み出す魔術。

あれのもっと大がかりなものを見せようと思って準備をし、彼を闇夜に呼び出した。

星の代わりに光を飛ばせば、さぞや綺麗《きれい》だろうと思ったのだ。

だが、計画を知ったルカは急に怒りだした。

——馬鹿《ばか》な真似《まね》はやめてください。

——昔はおまえも喜んだだろう。

——それは子供だったからです。

――これが子供騙《だま》しの魔術だって言いたいのか？

――それは……そう、です。

歯切れが悪そうに俯《うつむ》いたルカは、それから、クロードを真っ向から睨《にら》んだ。

――こんなくだらない魔術を見せられて、私が喜ぶと思いますか？

くだらないと言われて、クロードは激しい衝撃を受けた。

ルカを喜ばせたかった。

一人前の魔術士になって、ルカを従僕にするのがいつしか己の夢になっていたからこそ、彼がクロードの未来を全否定するなんて考えたこともなかったのだ。

怒りに脳が煮えそうだった。

――だったらいい。おまえなんて……もう知らない。

――クロード様……？

――おまえなんてもういらない。どこへなりと、好きなところへ行けばいい。

語気を強めるクロードに、ルカは傷ついたような視線を向けた。

傷ついたのは、クロードのほうだ。

ルカを喜ばせたかった。

これから先暫《しばら》く一人になってしまうであろう彼の道を、クロードの示す光で照らしてやりたかったのだ。

けれどもルカがそれを拒んだので、クロードはかっとなってしまった。

――おまえなんて……拾ってくるんじゃなかった。

今思い出しても恥ずかしい、子供の癇癪《かんしゃく》だ。

あんなことを口にするべきではなかった。

ルカが魔術を嫌っているのはわかっていたのだから、もっと真剣に話をすべきだったのに。

でも、すべては遅い。

ルカはクロードの目の届かない場所へ、逃げ出してしまった。

後悔が胸を灼《や》き、今尚、思い出せば心が疼《うず》く。

絶対に忘れたりしない。力を手に入れて、早く、ルカを探したい。おまえの居場所はまだここだと言いたかった。


物心ついたときからすっかり馴染んでいる潮の匂いは、当たり前すぎて、これがないところで暮らせるなんて到底思えない。

現在の仕事場である大型の輸送船であるサンタマリア号から降り立ったルカは大きく伸びをし、欠伸混じりにあたりを見回した。

大英帝国の港町は数多いが、船長が選んだのは中でも中規模の港だ。風向きの関係で想定外に石炭を食ってしまい、ここで補給せざるを得なくなった。

目的地の北欧の港までは、まだ遠い。

何か問題が起こる前に対処するのは、当然の話だろう。

英領のこの島はまだ、蒸気機関が普及していないらしい。科学に対して猜疑的《さいぎてき》で、呪術中心の生活を営んでいるそうだ。こういう古い街並みを歩くのもまた、楽しいものだ。

そういう意味では、ルカがクロードと暮らしていたセレディス島とどこか似通った雰囲気が漂っていた。

「おい、ルカ」

早足でやって来たのは、同じ船で働く友人のライルだった。暑いらしくシャツの袖《そで》を捲《まく》り上げ、脱いだ上着は手に引っかけている。

「何ですか、ライル」

長いつき合いなのに、どんなときでも他人に対して丁寧に接するルカの言葉遣いを聞いても、ライルは特に白ける様子はない。

彼自身がくだけた性格だけれども、人に強要してはいけないと思っているのだろう。闊達《かったつ》で陽気、いかにもヤンキーらしい気質のライルは物事にくよくよせず、概して前向きだ。有能で剛胆なだけに、一介の船員で終わらせるのは惜しい。

かといって、夢は大英帝国の世界征服――などと本気で言うような人物でも困るのだが。

そういう知り合いがいた事実を思い出し、ルカは微かに頭を振った。

もう、何もかもが過去だ。

二度と会いたくないと言われたではないか。

そう言われた以上は会わないというのが、ルカの意地でもある。

「折角の陸地だ、なあ、飲みにいこうぜ」

親しみの籠《こ》もった誘い文句に、ルカは首を振った。

「用事があるんです」

「用事？　ああ、髪を切るってやつか？　船長、うるさいもんな」

「違います」

滅多に髪を洗えないので不潔になるから刈ってしまえというのが船長の意見なのだが、ルカはこのスタイルを気に入っている。

できれば少しでも長く、伸ばしておきたい。

今度こそクロードの存在を思い出しそうになり、ルカは黙り込む。

いや、もう完全に思い出している。

どうして髪を伸ばしているのか、そのこだわりの理由さえ。

「じゃあ、何だ？　この港におまえの好きそうな女なんていたっけ」

「……いつも女性を理由にしないでもらえませんか。あなたとは違うんですし」

「冗談だよ」

人懐こいライルは女性によくもてるので、自分を基準に行動する節がある。

彼と違ってルカはどちらかといえば冷たい容姿が人を遠ざけるのはわかっていたし、それくらいでちょうどよかった。

「ちょっと見たいものがあるんです」

「見たいもの？」

「教会です。この地にある教会は、ゴシック建築として有名で——」

つい熱を込めて話し始めたルカに向けて、ライルが芝居がかった調子で両手を挙げて制止した。

「わかったわかった。もう十分だ」

「まだ触りにも到達していませんが」

「何を言いたいのかはうっすらわかる。おまえはつくづく古いものが好きだな」

「……いえ、私も新しいものが好きですよ。歴史に関心があるんです」

ルカが幼い頃《ころ》とは様子が違い、このご時世では科学の力と進歩が純粋に信じられている。

そこで進歩を拒絶するのは、無理がある話だ。

ライルとのつき合いは長いが、万事がこんな調子だ。

「歴史の知識もあるし、読み書きもできて経理もちゃんとしてる。学校に行ってないのに、どうしてそんなにいろいろ知ってるんだ？」

「昔の主人が、手遊《てすさ》びに教えてくれたって言いましたよね」

「ああ、そうだったな。それにしても……主人っていうとなんかいやらしいな。おまえ、若いくせに未亡人っぽい雰囲気だし」

「またそういうことを……」

「おまえって、つい、からかいたくなるんだよ」

ライルはくだらない軽口を叩《たた》き、それからルカの横顔をじっと見つめた。

「まだ、何か？」

「おまえ、じつはさほど視力は悪くはないだろ。何で眼鏡《めがね》なんだ？」

いつか聞かれるとは思っていたが、ここで問われるとは想定外だ。

「これにはさまざまな事情が」

実際そのとおりなので、誤魔化す必要はないとルカは微笑《ほほえ》む。

「ふうん。まあ、船員を続けるなら視力はいいに越したことないぜ」

「そう言っても、今更変えられないので」

「俺の船なら、視力も経験も不問だぜ。つき合いが長いしな」

「買ってから言ってくださいよ」

他愛ないことをあれこれと話しているうちに、ルカは村はずれの教会に到着した。

小ぶりな塔を備えた、石作りの素朴《そぼく》な建造物だった。

「受難と知恵教会……変わった名前だな」

「確かに。でも、ここが目的地です」

「ここが？　ただの教会だろ？」

「こう見えても、この地方では一番由緒《ゆいしょ》正しいんです」

「こんな古い教会を見たいなんて変わってるな」

ライルは嘆息し、そして、そこでルカと別れた。

社交辞令でも、待っているとか一緒に見学したいとか言わないあたりが、ライルの素直でとても有り難い点だ。

ふと思い立って、ルカは眼鏡を外してみる。

久しぶりにフィルターなしの外界を目にできて、肩の凝《こ》りまで解《ほぐ》れそうな錯覚《さっかく》を感じた。

小さな虫くらいならば生気が見えても気にならないので、今もゆっくりくつろげた。

「ふう……」

こういうところは、きっとクロードも好きだろう。セレディス島にいるあいだ、クロードとは古い建物や教会、史実に関わるところを見学して歩いたからだ。仕事があるというルカを引っ張り回し、ハンナにこっぴどく叱《しか》られた経験もある。

だが、クロードの口癖《くちぐせ》は「何事にも興味を持つのは大事だ」で、ルカがさまざまな事柄に関心を持つのに喜んでいる様子だった。

おかげで、クロードが教えてくれた数々の事柄は癪《しゃく》に障《さわ》るくらいに役立っている。

読み書き、算数、歴史、地理。科学は好きではないらしく教えてくれなかったが、それは愛嬌《あいきょう》というものだ。

暫く一人きりで祈りを捧げたあと、ルカは木の扉を押して外に出た。

前方に眩しいものが見え、ルカは目を細める。

「……ルカ?」

教会から出たルカを呼び止める男の声に、ぴくりと身を震わせた。

暗がりであったものの、ルカはその声だけで相手が誰かわかってしまった。

「クロード様……」

それきり声が揺らいだのは、いくつかの理由があった。

こんなところで会えるとは、思ってもみなかった。

その驚愕《きょうがく》と歓喜。

田舎道《いなかみち》を踏みしめる音が聞こえ、クロードがルカの前に姿を現した。

白いシャツに黒い上着。鋲《びょう》を打った長い外套《がいとう》は重そうだが、その鋲《びょう》やボタンの一つ一つに魔力を込めているのだろう。いかにも魔術士らしい服装だ。

顔立ちは精悍《せいかん》で、別れたときよりもずっと引き締まった大人びた顔をしていた。

美しい金髪と、暗くてよくわからないが、すみれ色の瞳《ひとみ》はきっともとのままだ。

懐かしさに胸がきゅんと痛くなるが、底知れぬ恐ろしさを感じるのは。

たまたま眼鏡を外していたせいで、見てはいけないものまで見えてしまっているせいだろう。

いったい、何があった……？

つい数年前まではあれほど眩しい光を放っていたのに、今のクロードの纏《まと》う光はくすみ、明度を失っている。

気分が悪くなりかけたルカは、急いで眼鏡をかけた。

「どうした？　口を利けなくなったのか？」

少し皮肉げで古めかしい物言いは、かつてのクロードの素直さを考えると新鮮だった。彼は昔はこんな口ぶりではなかったものだ。

それだけずっと、離れていた。

再会することなど二度とないだろうと思い込んだまま。

「いえ、驚いて……声も出なかっただけです」

「敬語とは、堅苦しいな」

「あなたはもともとはいえ、主人です。対等ではない」

「つまらぬ挨拶《あいさつ》だな、久しぶりだというのに」

「お互い様です」

皮肉に皮肉で返すと、彼は驚いたように微かに目を瞠《みは》り、そして口許を歪《ゆが》めて笑った。

「そうか。それにしても、おまえが先生のところを辞めるとは思わなかった」

「海が恋しくなりました。私は所詮《しょせん》、海に生きていますから」

「水夫か。ならば、仲間には会えたのか？」

あ。

クロードらしい気遣いが、見えた。

かつては誰もルカなんて探していないとまで言い張ったが、それが本心ではないとわかっていた。たとえ社交辞令であっても彼はルカの過去に思いを馳せてくれた。

「……いえ」

これまでも港に着くたびに昔の船を探したが、船長はおろか船員たちにも会えなかった。廃業したか、それぞればらばらになって別の船に乗ったか、そのいずれかはわからない。もしかしたら、今でも海に出ているのはルカだけなのかもしれなかった。

「悪いことを聞いた」

クロードの声が少しばかり沈んだので、ルカは反射的にほんのりと微笑む。クロードを傷つけてはいけないとの配慮だった。

「食事でもしないか」

「私と？」

「そうだ。こんな機会は滅多にない」

「構いませんが……」

「――構わない、か」

ルカの言葉を拾い上げ、クロードは先ほどと同じく沈んだ声で呟《つぶや》いた。

「何か？」

「喜んでくれているわけではないのだな」

「すみません」

喜んではいるし、嬉《うれ》しい。だけど、クロードの変化が恐ろしい。クロードがルカの知らない人間になってしまっている気がして、少し、怖い。

そのせめぎ合う気持ちが表に出てしまったらしい。

まだまだ、自分も修行不足だ。

クロードの姿を見ていられなくて、離れてしまったのは自分のほうなのに。

なのに、苦しい。

「こっちだ」

「はい」

頷いたルカは、クロードに連れていかれるまま居酒屋に足を踏み入れた。このあたりのパブなどに入れば、地元意識の強い連中に煙《けむ》たがられるとわかっているのだろう。

あまり悩みもせずに、ビールと煮込み料理を頼んだ。

ほかの客は明らかに場違いな二人にひそひそと耳打ちをしていたが、結局は気にしないよう決めたらしく、五分もすれば酒場は元どおりの喧噪《けんそう》に包まれた。

「あの、最近はどうしているのです？　魔術省には？」

「このところの蒸気機関の発展で、魔術省に割《さ》く予算が減っている」

「つまり？」

話の全容が見えず、ルカは先を促す。

「つまり、金がなくて人員を増やせない。だから、魔術省に入れる人間はほんの一握りだ。コネクションのない連中は大学に入り直して学問をやり直すか、あるいはもっと魔術を究めるために修行を重ねるかのどちらかだ」

「クロード様は？」

「私か？　幸い才能はあるが、空《あ》きはない。今は、プロフォンドゥム侯爵に世話になっているところだ」

「あのちびっこですか？」

ルカが有り体な疑問を口にすると、クロードは破顔した。

「ちびっこなどと、迂闊《うかつ》に言ってみろ。首をもがれるぞ」

「そんな力はないでしょう」

「そうだが、底知れぬお人だ」

クロードはそう言い、白い陶器のグラスに入ったビールを喉《のど》に流し込む。

「クロード様は、何のために魔術士になったのですか」

それを聞いたクロードは、一瞬、何かもの言いたげにルカを見つめた。

それから一拍置き、彼は「国のためだ」と答える。

「国の……？」

「私がこうして生き存《なが》らえ、母も存命なのは魔術の才能があったおかげだ。その才能を活《い》かす制度を作ったのがこの国家ならば、私には国家を繁栄させる義務はある」

「それが、クロード様の幸せに繋《つな》がるのですか？」

「——ああ」

クロードはそう言うと、ビールのお代わりを頼んだ。

前はこんな話を堂々と口にするような人では、なかった。

「おまえはどうだ？　相変わらず魔術は苦手なのか？」

「好きになんてなれませんね」

ルカは強気に言い放った。

もし、クロードが魔術士でなければ、話は別だった。

その命題をルカは何度も考えた記憶がある。答えは出ない堂々巡りの質問だったが、真剣に考える価値はあった。

　クロードは愚かだ。

　彼は魔術士のくせに己《おのれ》の力の本質がどこにあるものなのか、深く考えていなかった。

　それを重要視しなかったマーリンも、信用ならない存在だと思えてしまう。

「魔術の時代は終わったんです。今は、蒸気機関さえあれば人は便利に暮らせます」

「魔術が流行ではないのは確かだが、人は神秘の力を必要としている。神秘のない世界に神はない。そこには救いもあり得ない」

「クロード様は、救いが欲しいのですか？」

「――そういうわけではない」

　クロードは微かに言い淀《よど》み、そして肩を竦《すく》めた。

　こんな議論に何の意味もないのは、わかっていた。

　おかげであとはさほど話も弾まず、お開きになった。

　居酒屋を出たところで、クロードは「これからどうする気だ」と尋ねる。

「宿に戻ります」

「そうではない。この航海を終え、船を下りてからだ」

「だから、船を下りたら、また次の航海があります」

「そのような意味ではないが……」

クロードが言い止《さ》したところで、不意に、「しっ」と鋭く告げた。

「いるな」

「何が、ですか？」

「薄汚い野良犬どもだ」

クロードはそう言うと、背後に手を伸ばしてルカの腕を掴《つか》む。

「ここにいろ。動くのは危険だ」

「でも」

次の瞬間には、空気の色すら変わった気がした。

痛いくらいに殺気を感じ、ルカは空いた左手で眼鏡を外そうとする。けれども、その前に
クロードが俊敏に動いた。

手の中に空気の渦を作り、それを茂みに向かってぶつけたのだろう。

「ぐあっ」

悲鳴とともに男たちが、次々に灌木《かんぼく》の中から飛び出してきた。

「くそ……」

「何者だ、おまえたちは」

「聞かれて名乗ると思うか!?」

殺気立った男のうちの一人が飛びかかってきたので、クロードは器用にそれを避けると足

払いをする。

「ルカ！」

「だめです、クロード様。十人以上いる……きりがない！」

ルカの言葉を聞いたクロードは舌打ちをすると、「逃げろ」と耳打ちした。

「は？」

「私は自分の身は守れるが、おまえは非力だ。宿に帰って寝ていろ」

「何を言っているんです？　あなたは攻撃型の魔術は苦手だと……」

「おまえの中の私は、昔のままの姿なんだな」

わずかに憐《あわ》れむような声を出し、クロードはふっと右手を挙げる。そして、その手を振ると一陣の烈風が吹き、別の茂みごと男を吹き飛ばした。

あまりの威力に唖然《あぜん》とし、ルカはクロードの手を引っ張った。

「村を破壊するつもりですか⁉」

「……そっちの心配か？」

「当たり前です。魔術は人を守るためにあるんでしょう！」

叱咤《しった》したルカの声を聞き、クロードは小さく笑った。

「おまえは本当に面白いやつだな」

「やれ！」

相手が怒鳴り、ぱーんという音が響いた。

鉄砲だ。

相手が飛び道具を使ってきたのだ。

「クロード様」

「一度退く。おまえの船まで逃げるぞ」

「先に逃げてください。彼らは私に関心などない」

「ふざけるな。人質にでもされたらどうする」

クロードが叱咤する。

「弱いものを置いていけると思うか？　馬鹿にするな！」

「…………」

昔から、こうだった。

クロードにとっての自分はいつも、守られるべきちっぽけな存在にすぎないのだ。

だけど、ルカだってクロードを守ることくらいできる。

昔とは違うのだと、今こそ示したかった。

「じゃあ、こちらへ」

「なに？」

「逃げるんです」

ルカはクロードの腕を摑み、今度は自分から走りだす。

大丈夫、暫くのあいだ眼鏡を外していれば何とかなる。

人がいない方角を狙《ねら》って走りだせば、少なくとも鉢合わせしないはずだった。


息が切れてきた。

走りながら、いろいろなことがクロードの頭を駆け巡っていた。

攻撃魔法は覚えているものの、クロードはもともと実戦派ではないので、自分の躰を動かすのは苦手だった。

まさか、バートラムとアレックスがこんな陳腐な手を仕掛けてくるとは思いも寄らなかった。

この場所を割り出したのはクロードで、ある程度まではバートラムに尾行されるのも仕方ないと考えていたが、もっと気をつけるべきだった。

ルカと出会うのはもちろん、彼と一緒にいるところを狙われるとは、想定外だったからだ。

一般の人間を巻き込まないようにする配慮さえないとは、バートラムは相当焦っているようだ。

魔術士の役割は、人を守り幸福にし、そして国を栄えさせることだ。

それもわからないとは、魔術士失格ではないか。

憤《いきどお》りつつも、クロードはどうやってルカを安全な場所まで逃がそうかと考え続けていた。

今のクロードの頭を支配するのは、その命題だった。

なのに、いつしかルカがクロードを先導し、主導権を握ってしまっている。

それがクロードには不満だった。

ルカを守るのは、自分の役割のはずなのに。

「ルカ、おまえ……どこへ……」

「任せてください」

ルカは夜目でも利くかのように、森の中を器用に抜けていく。もともとの体力がクロードとは違うのか、まるで息を乱していない。

おまけに、潜《ひそ》んでいるはずのアレックスの手勢ともかち合わないのが不思議だった。

しかし、どこかでの衝突は避けられない。

やはり、道を照らしだすべく光の魔術を使うべきだろうか。

あれを使えばクロードの居場所を知らせているようなもので、別の意味で安全性は失われる。

悶々《もんもん》と悩んでいるうちに、ルカが次第に森の奥へ入り込んでいると気づいた。

この夜更けでは、道に迷えばルカを宿に帰すのが難しくなる。

「おい、止まっ…!?」

声が乱れたのは、ルカが突然、姿を消したせいだ。

違う、落ちたのだ。

「あっ」

「ルカ！」

反射的に手を伸ばしたクロードもまた、そのまま体勢を崩す。

足場が、ない。

藪《やぶ》に囲まれた場所は、崖《がけ》っぷちだったのだ。

暗がりで何も見えなかった。

とにかく、クロードはルカの衝撃を和らげようと空気を集めてクッションを作る。

だが、間に合わなかった。

クロード自身も体勢を崩し、藪と土を削りながら落ちていった。

「痛……」

我ながら、未熟と言うに相応しい結果だった。

服は破れ、頬《ほお》が切れて傷がついてしまっている。星明かりの下で急いで周囲を見回すと、ルカが倒れていた。

ルカの眼鏡が壊れ、頭のすぐ近くに落ちている。

ぴくりともしないルカに驚愕し、クロードは彼の傍らに膝《ひざ》を突いた。

「ルカ！」

身動《みじろ》ぎもしない彼を目にし、恐慌が押し寄せてくる。声を上げて揺すぶってみたものの、ルカはまったく動かない。

「ルカ、おい、ルカ‼」

目を閉じたルカは、まるで人形みたいだった。

怪我《けが》をしているのだろうかとあちこち触れてみたものの、医学の心得のないクロードにはまったくわからない。

試しにルカの口に手を当ててみたクロードは、手に触れるものがないことを認識してぎょっとした。

息をしていないのか？

焦ったクロードは今度は彼のシャツをはだけさせると、胸に耳を当てる。

弱い鼓動があるような気がしたが、あまりにも微かだ。

このままでは、ルカの鼓動が止まるのは時間の問題に思えた。

「ルカ、目を覚ませ！」

ぱしぱしと弱く頬を叩いてみたけれども、ルカの反応はなかった。

大きな外傷はないようだし、全身を打ったショック状態というところか。

いずれにしても、一刻の猶予《ゆうよ》もないだろう。

ルカが魔術を厭《いと》うのは知っていたが、ここでルカを助けるのであれば魔術を使うほかない。

無論、魔術は万能ではない。

たとえば、失われた命を甦《よみがえ》らせることは不可能だし、無から有を生み出すことはできない。

だが、この場合は一つだけできることがある。

クロードは目を閉じて深呼吸をする。

自分の中にある、光り輝くものを集めるイメージを頭に思い描く。腹の底にある鮮やかな光が喉を迫り上がり、舌先に触れる。

熱い。

クロードは身を屈《かが》め、ルカの唇にそっと自分のそれを押し当てる。

冷たい。

その唇と唇のはざまに、燃えるような熱いものを吐き出す。

反応はなかった。

無論、もう一度だ。たった一度で諦めてたまるか。

「……」

何回も繰り返しているうちに、漸《ようや》く、ぴくっとルカの躯が動いた。

よし。

鼓動は安定しているようだったので、服地の上からルカに触れて修復すべき箇所があるかを探る。

見立てたとおりにやはり外傷はなく、内臓も問題はないようだ。

クロードが人体の構造や組成に詳しいのは、何度となく人体解剖の実験を目にしているからだ。クロードは魔術の素養に富んでいるが、自分の知らないものを扱えないという大きな欠点を抱《かか》えていたためである。

「ん」

そこで突然、ルカが声を出した気がしてクロードは動きを止めた。

「ルカ」

話しかけた途端に、その長い睫毛《まつげ》が震える。

——今。

今、この男に自分の躰の一部を植え付けたらどうだろう。

ふと、暗い想像が脳裏《のうり》に過《よ》ぎった。

ルカは死にかけている。クロードが多少肉体を弄《いじ》ったところで、覚えていないかもしれない。

この肉体を暴《あば》き、生命力の源として自分の精子を注ぎ込む。

躰から脳を制御する魔術は確立されていないが、人体実験もできて一石二鳥ではないか。

そうすれば、ルカはもう二度とクロードのもとから離れない。

「う、ん……」

そこでルカが先ほどよりも大きな反応を示したので、クロードははっと我に返った。

何を考えている？

これが闇に囚《とら》われるという意味なのだろうか？

自分の下世話な欲望をうち捨て、もう一度ルカの唇にくちづける。

ルカの瞼《まぶた》が震え、ややあって彼が目を開けた。

「――クロード…さま……？」

舌足らずな発音が、どこか子供っぽくて可愛《かわい》らしい。

一息に安心感が押し寄せ、心が和んだ。

「ルカ、気づいたか」

「はい。……痛！」

「当然だ。あの高さの崖から落ちたんだ」

クロードがルカに向けて崖の天辺《てっぺん》を指さした。先ほどの教会の塔と、高さはさして変わらないだろう。

「あんなところから⁉」

さすがのルカも驚いたらしく、それきり絶句している。

それから、訝しげな顔つきでクロードを見やった。

「クロード様はいいとして、私が無傷なわけがない」

「そういうこともある」

ルカの言葉があまりにも不審げだったので、クロードは困惑せざるを得なかった。

魔術で生気を送ったと言わないほうがいいのだろうか。

安堵《あんど》した途端に、どっと疲れが押し寄せてきた。それに、今のわずかな行為のせいであっても躰が重い。

今の行為は、クロードを消耗させる最たるものでもあった。

「――何か、したのではありませんか」

ルカの声は、怒りを押し殺したように冷たかった。

「どうして」

「私が魔術を嫌っているのは知っているはずです」

瀕死《ひんし》のルカを救ったはずなのに、彼の反応は想像以上に冷たかった。

「少し生気を分けてやった。そのどこが問題なんだ？」

「そういう、ところ……！」

ルカは声を張り上げかけ、そしてはっと口を押さえた。

「あなたのそういうところが、嫌なんです」

「どういう意味だ」

むっとしたクロードはルカの両手を摑み、彼を強引に押し倒した。

「言うがいい、ルカ」

「…………」

「言わないと……」

「言わないとどうするんです？」

「好きにするぞ」

「そんな体力もないくせに」

「何を」

かっとなったクロードは、衝動のままルカに唇を押しつける。

先ほどとは違う意味合いの接吻《せっぷん》だった。

自分の下で彼がもぞりと動くのがわかったが、気にしないつもりだった――が、気づくとクロードはあっさりとルカに形勢逆転されていた。

「ルカ……？」

「あなたの魔術のからくりぐらい、わかってる。あなたは……」

ルカはどこか悔しげに言い募ると、クロードに顔を近づける。キスをされるのかと思ったが、そうではなく、彼は暫《しば》し自分の肩に顔を埋《うず》めていた。

泣いているのだろうか。

――わからない。

どうしてこんな反応をルカがしたのか、クロードにはさっぱり理解できなかった。

離れていた時間が長すぎたのだろうか。

今のルカは、クロードには不可解なところが多すぎて戸惑ってしまう。

「――いいですよ。これが最後です」

次の瞬間に顔を上げ、ルカは冷ややかな声音で言い放った。

「何だと……？」

「もう二度と会わない。私は帰ります」

「私はおまえを手に入れたい」

「まだ、従僕にしたいとおっしゃるんですか？」

「覚えていたか。そのとおりだ」

あの幼い日のプロポーズのまま、クロードの心は変わらない。

「御免です」

ぴしゃりと言い切る。

その言葉に、堪《こら》えていたものが堰《せき》を切って込み上げてくる気がした。

俯いていたクロードは、小さく笑う。

そうか。これがルカの答えか。

――ならば闇に身を委《ゆだ》ねるのも、一興か。己の心を染め上げようとする、この冷たくも昏《くら》い衝動に身を任せるのも。

「それでよい」

クロードは頷き、そして立ち上がった。

「だが、私とおまえが一緒にいるところを見られた以上、敵を排除しなくては危険だ。おまえを宿まで連れ帰ってやりたいが、私にはすべきことがある」

「どんな？」

「アンブローズ様のために、探しているものがある。それを、やつらより先に見つけ出す」

それを聞いたルカは、一考してから頷いた。

「わかりました。助けてもらったお礼に、あなたがアンブローズ様のために引き受けた仕事を手伝います」

「なぜ？」

「最後に恩返しをして、我々の関係を清算しましょう」

それがとどめだった。

「……いいだろう。ルカ、最後に私を手伝え」

「はい」

心は決まった。

この男を手に入れる。

たとえどれほど卑怯《ひきょう》な手を使ったとしても、それでも構うものか……！

——妙な成り行きになった。

ルカは困惑と気分の悪さに眉根を寄せる。

クロードと予期せぬ再会を果たしたうえに、まさか眼鏡を壊してしまうとは思ってもみなかった。

今、クロードを包み込むのはどす黒い空気だ。

先ほどよりも濁った気がするのは、襲撃を受けて気が立っているせいだろうか。

それとも、ルカを助けるために彼が生命力を使ってしまったせいか。

見ているだけで気分が悪くなり、ルカはクロードを見る代わりに地面に視線を落とす。

「詳しく話してもらえませんか」

気を紛《まぎ》らわせるために、ルカは言葉を紡《つむ》ぐ。

「何を」

「どうしてここに来たのですか？」

「プロフォンドゥム侯爵の跡継ぎを決めるやり方は、宝探しだ。今回探しているものは、『マリアの涙』という宝石だ。アディス家の図書室で文献を漁《あさ》っているうちに、かつてプロフォンドゥム侯爵と因縁があったこの島を探し当てた」

既《すで》に追跡者がいる以上は、使い魔を厭《いと》っての隠し立てすら無駄なのだろう。クロードは特に声を落とさず、低い声で答える。

周辺は鬱蒼《うっそう》とした森で木々に覆われており、光はほとんど差さない。それでも暗くないのは、クロードが光の玉を周囲に飛ばしているせいだった。

それでも、光は闇に侵食されていきそうだ。

クロードの纏う闇は、それだけ濃い。

「子供が嫌いなくせに、アンブローズ様に肩入れしたのですか」

「利害が一致した」

「プロフォンドゥム侯爵の跡取りになるのであれば、バートラム様が一番有力です。アンブローズ様は……」

「呪われている、か？」

クロードは自嘲《じちょう》気味に笑った。

ゴシップ方面には疎《うと》いルカだったが、アンブローズが幼い身で呪いを受けたのは有名な話だ。といっても彼がなぜ呪われたのか、そしてどうすれば呪いが解けるのかは誰も知らないという謎《なぞ》めいた境遇だからこそ、噂には尾鰭《おひれ》がついている。

「ええ」

「味方が少ないのは不利だが、成功したときの旨みは大きい。私が一番の部下になれるはずだ」

「つまり、アンブローズ様はあなたしか手駒《てごま》がいない……と」

う、とクロードが言葉に詰まった。

斜に構えて見せても、クロードにはまだ手垢《てあか》のついていない部分があるのだ。

「しかも、今は藪をめちゃくちゃに歩いていませんか？」

「探しているものがある。その気配を感じるために、道を開いているところだ」

「意味もなく歩いたって見つかるわけがないでしょう」

ルカがついきつい声で言ってみたが、クロードは「素人考えだな」と一刀両断にした。

「手がかりはほとんどないに等しい。ならば、闇雲に歩く以外の何がある？　そうでなくとも、ここは魔術絡みの遺跡がたくさん出てくる島だ」

「でも、心を落ち着ければ見えてくるものもあります」

ルカはそう言い張った。

クロードと早く別れたい。もう一度彼らが襲撃してきたら、今度こそ、クロードは自分を庇《かば》うだろう。

誰かを守らずにはいられない、クロードのそういう押しつけがましさがルカには我慢ならないのだ。

「可愛げのないやつだ」

「そんなもの、最初からありませんよ」

呆《あき》れたように言うルカに対して、クロードは「あったよ」と真顔で断じる。

その気安い口調が、昔のクロードのようで懐かしかった。

「は？」

「可愛げはあった。それに、おまえはいつも、可愛かった」

「……クロード様の目は相当悪いみたいですね」

ルカが棘《とげ》のある口調で言うと、クロードが微かにため息をついた。

「かもしれんな。私はずれていると、今でもよくジョーイに言われる」

「ジョーイ様と同居してるんですか？」

マーリンの学校にいる時分、殊更《ことさら》クロードと仲良かった人物の顔を思い描くと、ちりっと胸の奥で小さな火花が散った気がした。

「あいつとは下宿が同じだ。一人前になるまで、屋敷に戻るわけにはいかぬからな」

「そうですか」

今尚、クロードと一緒にいられるとはジョーイが羨《うらや》ましい。彼のように魔術士であれば、ルカもまたクロードの隣で手綱を握れたかもしれない。

「うわっ」

不意に木の根に蹴躓《けつまず》いたルカは、クロードの背中にぶつかってしまう。

それに気づいたクロードが「すまない」と振り返って謝った。

「おまえもこれが必要だろう？」

クロードがそう言って指先に光を集めたので、ルカは急いで「いりません」と拒んだ。

「え？」

「そんなもの、いりません。暗くたって何とかなります」

「今、躓いたろう。眼鏡がないのに、転んでまた……いや、その、怪我でもしたらどうする？」

「怪我なんてしません」

誤魔化すクロードに対し、ルカは強情に言い切った。

「これくらいは初歩の魔術だ」

「——わかっています」

簡単な魔術ではあるけれど、魔術士は無から有を生み出すことはできない。そこには必ずからくりがある。たとえば、魔術を使うにはどうしたって魔力が必要だ。

クロードの場合は、魔力を自分の体内から作り出してしまう。

その源となるのは、彼の生気——つまりは生命そのものだ。

幼い日々、クロードはルカを喜ばせるための魔術で、自身の命を少しずつ削っていた。

だから、魔術を見せてくれたあとにクロードは倒れ、何日も寝込む羽目になったのだった。

休めば多少は回復するが、大きく削れば命に関わる。

最初はルカも気づかなかったが、修行中にあまりにも頻繁にクロードが体調を崩すのでマーリンに問い詰めたところ、渋々教えてくれたのだ。

概して魔術士は自然界から魔力を借りるものだが、クロードの場合はその濃厚すぎる血のせいで、自分で賄《まかな》えてしまうそうだ。

命を引き替えに行われるような魔術なんて、ルカに受け容《い》れられるはずがない。

おかげでクロードが偉大な魔術士になりたいと言うたびに、いつしかルカは苛々《いらいら》するようになった。

自分の寿命を削っておいて、何が偉大な魔術士だ、と思う。

だが、ルカが想像するよりもクロードのしがらみは多かった。

母親、義理の両親、養家の名声、血の繋がりのない弟妹たち。

そうしたものの期待を一身に背負い、クロードは魔術士としての道を踏み出した。

己の命を削ることくらい、クロードは何とも思っていないだろう。

それを止める権利は、ルカにはない。

そうでなくとも、将来を嘱望された魔術士ならば、従僕になりたいと申し出る者はたくさんいるに違いなかった。ルカでなくたっていいはずだ。

ゆえに、現実を目《ま》のあたりにしたルカは逃げ出したのだ。

「じゃあ、どうして嫌なんだ」

「バートラム様に見つかってしまいます」

「これだけにぎやかにしていれば、嫌でも見つかる」

また少し、クロードを包み込む闇が濃くなった気がする。

自分の目が、疲れているのだろうか。

いや、おそらくクロードはさっきルカのために自分の命を削ったのだ。

けれども、それで輝きまで薄れたりするだろうか……？

いずれにしても、クロードが体力を失っている以上は、また襲撃に遭《あ》うのは危険だ。

敵がいるかどうか確かめようと、ルカは闇の中で目を凝《こ》らす。

幸い、森に潜むのは小鳥や小動物の類《たぐ》いで、人のような大型の生き物は見えない。

けれども意図して『目』を使うので疲れるのは確かだった。

「つ……」

「どうした？」

「いえ、ちょっとあてられたみたいで」

不思議そうにクロードが首を傾げたので、ルカは曖昧《あいまい》に首を振る。

自分の『目』の特質はクロードには教えたくはない。

「棕櫚《しゅろ》……」

それからふと、ルカは茂みの中に生えている見慣れない奇妙な植物に気づいた。

「ん？」

「棕櫚が植えられているんです、ここに」

「本当だ。珍しいな、棕櫚はもっと南方に生えるものだと思っていた。こんなものを見られるのは絵画と植物園くらいのものだ」

「そうですよね」

そこでクロードははっとしたように口許に手をやり、棕櫚の尖った葉をじっと見つめた。

「棕櫚は受難……」

「何ですか？」

「受難は剣、七本の剣……受難と知恵……」

にわかにぶつぶつと唱え始めたクロードは棕櫚の木に近づく。それから、周囲を見回して何かを探すように視線を彷徨《さまよ》わせた。

「クロード様？」

「ほかに棕櫚があるか探しているんだ」

「一緒に探します」

歩き回っているうちに、二人は棕櫚の木がほぼ等間隔に植わっているのに気づいた。おかげで、三本目から先を探すのはずっと楽だった。

棕櫚を追うクロードの表情が、次第に厳しいものになる。

「ルカ」

不意にクロードが足を止め、ルカに振り返った。

「はい」

「ここでおまえは帰れ」

「どうしてですか？」

「危険だからだ」

「……言ったはずです。これで最後だから、恩を返すと。この仕事が終わるまでは、私はあなたと共に行動します」

ルカの言葉を聞いたクロードがゆっくりと瞬きし、そして、蒼白《あおじろ》い顔で頷いた。

「わかった。ならば、こちらだ」

「何かわかったのですか？」

棕櫚は全部で七本で、その先にあるのはトネリコの林だった。

クロードは答えずに、林の中に足を踏み入れる。落葉した木々に一つ一つ手を触れていたクロードは、一本の木の前で足を止めた。

クロードの手に光が集まり、みるみるうちにトネリコが蕾《つぼみ》をつけていく。

「花が……」

花の咲いたトネリコの根元に膝を突き、クロードは風を起こして土と葉を吹き飛ばした。

地面に隠されていたのは大きな石碑で、その表面には何か装飾的な文字が彫ってあるが、ルカには読めなかった。

クロードが呪文を唱えながらその石盤に触れると、ずるずると音を立てて石が動いた。

一人が通れるような小さな穴だ。地面の中から、生温かい風が吹きつけ、ルカの髪を揺らした。

「ここは……」

「冥界《めいかい》の入り口だ」

ぎょっとしてルカが全身を強張らせると、クロードは微かに笑った。

「冗談だ、ルカ。おそらく墓所か何かだろう」

そう言われてもほっとするわけにはいかないが、クロードが階段を下りてしまったので、ルカは後をついていく。ここで待つという選択肢は、ルカにはなかった。

岩盤を刳《えぐ》り抜いて作られた地下の墓所はまるで迷宮のように入り組んでいたし、どこから入り込んだのか鼠《ねずみ》や鳥の死骸《しがい》が落ちていた。

壁に触れるとぬるりと冷たい。

その澱《よど》んだ空気もさることながら、迷路の奥から漂う不気味な静けさがルカの神経を逆撫《さかな》でする。

「すごい……」

「昔の地下墓所《カタコンベ》だろうな。かつて、この島は噴火で一度捨てられている。人が戻るまで二百年かかったという伝説があるから、そのあいだに地下墓所は忘れられたのだろう。それをプロフォンドゥム侯爵が再利用したと考えられる」

堅苦しい口調だった。

ルカはあたりをひととおり見回したが、人の気配はない。

少しほっとしたルカは、そこで本題を切り出した。

「どうして、わかったんですか？」

「棕櫚はキリストの受難の象徴だ」

クロードはこともなげに告げる。

「棕櫚と剣はたいてい対になる。そして、七本の剣は『嘆きの聖母』が持つ」

淡々とした物言いで、クロードはひたひたと歩いていく。

「そして、トネリコから杖《つえ》は作られるものだが、中でも花の咲く杖は聖母の夫――ヨハネを示すものだ。だから、花の咲くトネリコが目印だと睨んだ」

「すごいですね」

「実際、あの木には、魔力の片鱗《へんりん》が残されていた。外部からの刺激に応じてトネリコが咲く程度の残り香だ。器用なことをするやつがいる」

クロードは笑い、そしてルカの相槌《あいづち》を聞かずに続けた。

「こんなものは序の口だ。肝心の『マリアの涙』を持ち帰らなくては、アンブローズ様に申し訳が立たない」

完全にルカに背中を向けているので、クロードがどんな顔をしているのかはまったくわからなかった。

「どうして急いでるんです？」

「トネリコの花を咲かせるために、魔力を使った。あの匂いで、アレックスが――」

颪だ。

凄《すさ》まじい衝撃が後方から押し寄せ、ルカは踏ん張りきれずにクロードに体当たりしてしまう。クロードも同じで、数メートルほど吹き飛ばされてから壁に当たってそこで漸く止まった。

「見つかったな」

クロードは唇を切ったらしく、自分の血を舐《な》める。そして、おかしげに口許を綻ばせた。

凄みのある笑みだった。

「アレックス様ですか？」

「そうだ。先に行け、ルカ」

「私が？」

「おそらく『マリアの涙』はこの先だ」

クロードが言葉を切り、両手に力を集中させるのが見て取れる。

「ただし、絶対に触るな。あの遺物は呪われている」

クロードがそこで言葉を切り、呪文を再度唱え始めた。

おそらく、風を防ぐために空気で防御壁を作っているのだ。

しかし、そう長くは保たないに違いない。

それに気づいたルカは走りだした。

湿った地面にはいくつも水たまりができており、ルカは導かれるように迷路を辿っていく。

「あっ」

迷路の突き当たりには、大理石で作られたここには不似合いな台座があった。

おそらく、地上に穴が開けられているのだろう。星の微かな光を受け、宝玉が存在感を示していた。

その上に無造作に置かれているのが、青い宝石だ。

つい今し方のクロードの注意を思い出し、手を触れようとしたルカは躊躇った。

だが、クロードの到着を待っていてはバートラム陣営にこの遺物を奪われてしまうかもしれない。少くともルカが手にすれば、クロードが来るまでは死守できるだろう。

多少の呪いなど怖くはないはずだ。それに、魔術士よりもルカのほうが腕っぷしは強いとさっきクロードにキスされたときに証明した。

「よし‼」

咄嗟《とっさ》に左手で宝石を摑んだその瞬間、躰に電撃が走った気がした。

自分は、とんでもないものに触れた。

その直感が全身を貫く。

「う、ぐ……っ」

何だ、これは。

何かが指先から入り込む。

「あああぁッ！」

宝玉を摑んだままのたうち回るルカは、自分の頭上に立ち込める黒い霧を見た。

瘴気《しょうき》というのだろうか。

宝石から何かどす黒いものが吹きだし、霧となって立ち込めている。その黒霧はルカの頭上から流れ出し、クロードたちのいる方角へと向かう。

野太い咆吼《ほうこう》が、遠くから聞こえてくる。

それがクロードのものか気になるのに、動けない。

みしみしと音を立て、自分の躰が、何か別のものに蝕《むしば》まれていく。自分でないものに浸蝕《しんしょく》されていく。

穢《けが》されていく――。

「ルカ！」

ややあって走ってきたクロードが、ルカの名前を呼ぶ。

汗だくになりところどころ血で汚れてはいたものの、大きな怪我はない様子だった。

「それに、触れたのか」

「……はい」

絶え間ない苦痛に答える声が掠《かす》れているのが、自分でもわかった。

「よくやった。——だが、おまえは……愚かだ」

「え……？」

口許を歪めて片笑んだクロードが、ルカをじっと見つめている。

やっと求めていた宝を得たにしては、クロードの反応がおかしい。ルカを案じる様子もないし、妙に冷静で、そして——どす黒い。

「寄越せ、ルカ」

「はい……」

手渡そうとしたが、古《いにしえ》の宝玉は指に吸いついたように離れない。

何だ、これは……これはいったい……。

「嘘、どうして…」

「呪いに浸蝕されたようだな」

冷たい口ぶりで、クロードが悶《もだ》え苦しむルカと宝石を見下ろす。

「え？」

「悪く思うな」

クロードの手が動いた。

唖然《あぜん》とするルカを、かまいたちのような鋭い風が襲った。

激しい痺《しび》れと同時に、熱いものが飛び散る。

血だ。

そう意識したときには、ルカの左手は地面に落ちていた。

「――ッ‼」

切断されたのだ。

切られた腕から血が噴き出し、ルカは文字どおり絶叫した。

血だまりが地面の上に凄まじい勢いで広がっていく。

膝を突き呆然とするルカを尻目《しりめ》に、クロードはルカの手を宝石ごと魔力で木製の小箱に収める。そして、彼を睨みつけるルカに目をやり、微かな笑みを浮かべた。

「クロード様……？」

「これは私がもらう」

「なぜ、手を……」

「言ったはずだ。おまえを私のものにすると。成り行きとはいえ、好都合だ」

クロードが身を屈め、ごく間近での冷えた囁《ささや》きが耳を打つ。

再び熱いものが切断面に触れた気がしたが、もう見ていられない。

「結界が保たないな。アレックスごと、ここを吹き飛ばすか」

小さくクロードが呟くのが聞こえ、ルカはそれきり意識を失った。


「──ルカ。ルカ……」

誰かが呼ぶ声に、ルカは嫌々目を覚ます。

「……ライル？」

「やっと目を覚ましたか」

ほっとした様子のライルは、ルカを見て明らかに躰の力を抜いた。

「ここは……？」

「病院だ」

がばりと身を起こしたルカは、自分の右手を確かめ、そして左手を見やる。ない。

包帯でぐるぐると巻かれた左手の先は、やはり消失していた。

蒼褪《あおざ》めて言葉をなくすルカに、神妙な顔をしたライルが「どうしたんだ」と聞いた。

「どうした、とは？」

「つまり、その……ここに至るまでに何があった？」

「――覚えていません」

ルカはそう答えるほかなかった。

「嘘だろ!?　おまえ、腕を切り落とされたんだぜ!?」

「ここは？」

「病院だ。おまえが宿の前に倒れていたから、急いで連れてきたんだ」

「そう、ですか……」

こんな田舎の島の病院では、感染症にでもなりそうだ。暗い気持ちになったルカを先回りするように、ライルが続けた。

「おまえの腕、傷口の処理はしてあった」

「……え？」

「魔術だろうな。傷は完全に塞《ふさ》がってる。だから、こんな辺鄙《へんぴ》な島でも死なずに済んだんだ」

クロードの仕業だと、ぴんときた。

「いずれにしても、腕を落とされてすぐに動けるわけがないからな。暫く絶対安静だ」

「ええ」

ルカは無表情に頷く。

動きたくとも発熱しているようだし、躰が怠《だる》くてその気力もなかった。

「何日くらい、寝ていましたか？」

「二日ってところだな」

「そうでしたか……」

ルカは瞬きをする。

クロードはどうなったのか、考えるのが怖かった。自分は、あの優しかったクロードに利用されたのだろうか。

「ちょうど船底に修理箇所が見つかったんで、ここの寄港も長引いたけど……おまえ、このままじゃ船には乗せられないぜ」

「仕方ありません」

給金を鑑《かんが》みるとここで下船するのは痛いが、船の上にいても仕事ができないのだから、仕方がなかった。

「だよなあ……こんな大怪我して……」

そこでライルは眠そうに大きく欠伸をする。

「すみません、寝ずの看病をさせてしまったみたいですね」

「いや、そうじゃない。さっきまで寝てたのに……やけに、眠くて……」

がたっと一際大きな音がして、ライルは椅子に寄りかかるようにして眠りに落ちてしまう。

「ちょっと、ライル！」

頑張って声を張り上げてみたものの、ライルは目を覚まさないでくうくうと寝息を立てている。

あまりにも突然な出来事に訝しむ間もなく、ドアが音もなく開いた。

冷気が立ち込めている、気がした。すぐにそれは閉まる。

ベッドの前に立っていたのは、やはり、クロードだった。

「目覚めたようだな」

眼鏡をせずに見つめるクロードの気配は、やはり限りなく昏い。

ルカは唇を噛み締める。

「おまえのおかげで、アンブローズ様は無事にプロフォンドゥム侯爵の当主の座に就いた。礼を言おう」

「報告は不要です。私とあなたは、もう関わりがないはず。それを条件にした宝探しでした」

「左手がないのは不自由だろう」

にこりと笑ったクロードは一歩近づき、包帯の上からルカの腕に触れる。

疼くように心臓と傷口が震えた。

「ッ」

「私が作ってやろう、おまえの左手を」

「どういう、意味ですか」

「言葉どおりだ。私の魔力があれば、おまえの手を作るのは容易《たやす》い」

クロードは淡々と告げる。

「だが、定期的なメンテナンスが必要になる。私のそばを離れるのは難しくなるだろう」

「要するに、あなたのそばにいろ、と……?」

「そうだ」

ふ、とクロードが唇を綻《ほころ》ばせて嫣然《えんぜん》たる笑みを作った。

これは本当にクロードなのだろうか。

「こちらへ来い、ルカ。おまえの住む領分は私たちの側だ」

ルカは無言のまま、クロードを睨みつけた。

綺麗だ。

自分のまなざしを受け止める彼の紫色の目はあやしく煌めき、爛々《らんらん》と光る宝玉のようにルカを魅了する。

だが、彼が身に纏う闇と光はどちらも濃厚で、激しくせめぎ合っている。

クロードに惹《ひ》かれる気持ちはあるし、彼は幼馴染みだ。

だけど、クロードがルカの左手を作れば、それはルカの肉体の一部になる。

自分がクロードの一部にされてしまう。

そして、たかだか従僕でしかないルカの肉体を作るためにクロードはその命を、魂を削るのだ。

ほかの存在ならまだしも、僕《しもべ》などのために。

それは、ルカが望むこととはまるで違っていた。

「義手でいい」

「なに？」

ぴくりとクロードは表情を強張らせた。

「私は義手でいいと言ったのです、クロード様」

「義手など不便に決まっているだろう。私が責任を持って、美しい手を作ってやる。おまえに相応しいものを」

「私は魔術が嫌いなんです。昔からそうだったじゃないですか」

「強情な男だ」

クロードは眉根を寄せ、一拍置いてからルカの布団を剝いだ。

「どういうつもりですか？」

傷を見るにしては、ずいぶん乱暴だ。

「最初からこうしておけばよかったのだな」

クロードがいきなりルカにのしかかってくる。寝台が二人分の体重に軋《きし》み、ルカは狼狽《ろうばい》に蒼褪めた。

暴れようにも、怪我をしたばかりの躰ではそれも不可能だった。

「ちょっと、あんた……」

何をしようとしているのか察し、ルカは声を荒らげる。

なまなましい怒りから、ルカの言葉から丁寧語の仮面が剝がれ落ちた。

「どうかしてる！　あの闇のせい、ですか」

「闇？　あの夢を指しているのか？」

「………」

「では、おまえにも呪いの霧が見えたのか。これはちょうどいい」

クロードは喉を震わせて笑った。

「まったくもって、おまえは私の花嫁に相応しい逸材だな」

花嫁、だと？　かつてのプロポーズを思い出し、ルカは複雑な心境になった。

「あなたは呪いに汚染されているだけだ！　早く正気になってください」

「呪いなど跳ね返せないと思うか？　己の心にそれ以上の深き淵があれば、呪いすら効かぬ」

クロードはまるで独り言のように呟く。

「いずれにせよ、おまえは私のものになるさだめ。おとなしくしていろ」

「何を言ってるんですか？　あなたらしく、ない」

「私は十分に待った。おまえを手に入れるために。おまえが嫌がるのであれば、私が変わるほかない」

はっとした。

胸を衝《つ》かれるような言葉をぶつけられ、動くことも叶わない。呆然《ぼうぜん》とクロードを見上げると、彼がルカの脚を抱え込んだ。

下着はつけていなかったので、病院のものと思《おぼ》しきナイトシャツを捲り上げられてしまえば、もう隠すものは何もない。

クロードは己のコートとズボンをくつろげると、自分の性器を露出させた。

「嫌……」

震えながらクロードを拒もうとしたが、彼に両膝を摑まれ、強引に開かされてしまう。

秘めやかな窄《すぼ》まりは、誰にも触れられたことのない部分だ。

男同士ではそこを使用すると知識の上では知っていたものの、自分がその当事者になるとは思ってもみなかった。

恐怖から大きく息をするルカの秘部に、クロードがいきり立つものを押しつける。

嫌だ、怖い。

「あ……ッ」

入ってくる。

太いものがそこを押し広げ、入り込んでくる。

その衝撃に、ルカはたまりかねて悲鳴を上げた。

「やだ……よせ、嫌です……！」

ライルが目を覚ますのではないかと不安になったが、魔術による眠りは深いようで、彼はぴくりとも動かずに椅子に寄りかかっている。

この役立たずと心中で罵《ののし》ったが、こんな無様な姿を見られるのも同じくらい嫌だ。矛盾《むじゅん》している。

「う、く……」

痛い……。

「熱いな、ルカ」

「熱くらい、あります……怪我を、して……」

引き攣《つ》った声で訴えるルカの体内にぐっと自分のそれを沈め、クロードはくっくっと笑った。その振動がルカの中に伝わり、他者に侵略されることを身をもって実感させられる。

これが、クロードの一部になるという意味なのか。

このあいだ感じた呪いのおぞましさとは、まるで違っている。

熱くて、そして、甘い。痛いのに、苦しいだけではない。

「ん、は、あ……嫌だ……いや、こんなの…ううっ…」

「嫌ではないだろう？　こうして共にいられるのだ」

ぬちゅぬちゅと襞《ひだ》を掻き分けるようにして、クロードがルカの深部から蝕んでいく。

「おまえの中に、私の存在を刻み込む。これでおまえは、私を忘れない……」

深々と入ってきたものを受け止め、ルカは揺さぶられる。

こんなのは、クロードじゃない。

クロードは口は悪くて皮肉屋ではあったが、いつもルカを思いやってくれた。

彼は変わってしまった。ルカのせいで。

ルカの知っているクロードは、もう、どこにもいないのだ……。

躰の奥底に熱いものが広がる。

これが、征服されるという意味——。

強引に弱い箇所を抉《えぐ》られ、掻き混ぜられてぐったりとしたルカが寝台に身を投げ出していると、衣服を整えたクロードがルカを睥睨した。

「わかっただろう、ルカ。おまえは私のものになるべきだと」

「あなたは、何もわかっていない……」

胃の奥底が仄《ほの》かに熱いのは、クロードのなまなましい感触を味わったせいだ。

彼がもっとも効率的な方法で、ルカに生気を流し込んだのが——わかる。

おかげで強姦《ごうかん》されてひどく疲れているはずなのに、躰が妙に軽かった。

これがクロードの主目的なのか副産物なのかはわからなかったが、いずれにしても、また彼が己の命を削ったのは明白だ。

変わったようで変わっていないクロードの本質。それがルカには怖いのだ。

「何をわかっていないと言うのだ」

クロードがかたちのよい眉を顰めたので、ルカは右手でびしりと眠りこけているライルを指さした。

「私はそこにいるライルのものです」

「なに……？」

クロードの顔に赤味が差し、驚愕の色が兆《きざ》す。

「どういうことだ！」

「どうもこうもありません。私は彼と将来を共にすると決めました」

正確には、ライルが船を買ったときに乗組員になりたいとの希望くらいのものだが、表現方法を変えただけだ。

クロードを担いでいるわけではない。

「よりによって、こんな品性の欠片《かけら》もなさそうな男がいいのか？　しかもこの男、米国人《アメリカ》だろう？」

そういえば、すっかり忘れていた。

旧世界の人間らしく、クロードは新世界の覇者たる米国を毛嫌いしているのだ。

「はい。どこの国の人間であろうと私はライルを尊敬し、信頼しています。同じ船に乗るのは喜びです」

「船が欲しければ買ってやる！　おまえが船長になって乗り回せばいい」

「私は人の上に立つのには向いていません。学もないですし」

ルカはさらりと言ってのけると、クロードを見据えた。

「もういいでしょう、クロード様。私とあなたは考え方も行き先も違う。お互いの幸福のためには、離れるべきです」

「…………」

クロードがもの言いたげに唇を震わせたそのとき、「ふあ……」と声を上げてライルが伸びをした。

彼の魔術の効力が切れたのだ。

「悪い悪い、いきなり眠くなっちまって……って、こいつ誰だ？」

ライルはぱちぱちと瞬きをし、唐突に現れたクロードを怪訝そうに眺めている。

「招かれざる客です。帰ってもらってください」

突《つ》っ慳貪《けんどん》な口調に何を悟ったのか、ライルは「おう」と破顔した。

「わかった。――おい、あんた、送っていくぜ」

「あんたじゃない。私の名前はクロード・エミリアだ」

「俺はライル・アディクトン。将来のルカの相棒だ。よろしくな」

ライルはにっと笑って、クロードに向かって右手を差し出した。クロードはその手を一瞥《いちべつ》し、無視しようとしたが、ライルがそのまま動かないので渋々ぱしっと叩いた。

「こんなヤンキーを選ぶとは、おまえの判断は間違っている」

「由緒正しい貴族の坊ちゃんじゃなくて、俺を選んだんだ。ルカは見る目があるぜ」

成り行きはわからないだろうに、ライルの受け答えは的確だ。

クロードはルカを睨みつけ、そして「後悔するぞ」と口走る。

「後悔なんて、しません」

「絶対にする」

子供っぽい捨て台詞《ぜりふ》を残し、クロードがくるりと身を翻《ひるがえ》す。

ライルが開けたドアから憤然《ふんぜん》とした足取りで出ていき、そのまま振り返りもしなかった。

久々の再会は、踏んだり蹴《け》ったりだった。

その背中を見送り、ルカは深々とため息をついた。

「それで、あいつ、何なんだ？　おまえの恋人？」

ライルが尋ねたので、ルカは「は？」と真っ赤になって聞き返す。

「ど、ど、どこがどうすれば恋人だと……」

しどろもどろになるルカを面白そうに見やり、ライルはにやにやと笑った。

「ええ？　俺への焼き餅《もち》っぷりを見ればわかるだろ」

「そんなわけないでしょう！　私はあの人を拒絶しています！」

「ふーん。ま、おまえがそう言うならいいよ」

見透かしたようなライルの言葉に、ルカはますます頬が熱くなるのを感じた。

「だいたい、あの人が今、私に何をしたかわかっていますか⁉」

「ん？　何されたんだ？」

「そ、それは……」

言えない。

左手を奪われ、今は今で犯された挙げ句に生気を注入されて、ものすごく元気になったなんて。

大怪我をしたルカがこれほどまでにエネルギーを得ているのだから、反動でクロードが弱っているに決まっていた。

怪我を治してくれたのはクロードだが、そもそも、怪我をする原因を作ったのは彼でもある。

自分の気持ちにどう落としどころを見つければいいのか、ルカにはまるでわからなかった。

一つだけわかるのは、クロードの身勝手さのみだ。

何を言ったところで、彼がルカの忠告を聞き入れるわけがない。

「とにかく、あのひとは、変わってしまった。もう、元には戻らない……」

「人間なんて、誰でも変わっていくもんだぜ？」

「――でも、私は変わってほしくなかったんです」

いつまでも子供っぽくて、傲慢で、そして優しいクロードでいてほしかった。

「あんなこと……しないでほしかった」

怖かった。苦しかった。それでも、クロードの行為は甘くて。

そう思ってしまった自分が怖いから、今のこの気持ちには鍵《かぎ》をかけてしまおう。

もう二度と、クロードには関わらない。

絶対に。


「アンブローズ様、おめでとうございます」

ずらりと並んだ人々を階段の上から眺め、クロードはシャンパンの入ったグラスを揺らす。

退屈な光景だ。

「クロード！」

手を振ってやって来たのはジョーイだった。

「ジョーイ、おまえも呼ばれていたのか」

「一応は派閥外の魔術士も呼ばれているよ。そうでないと賑《にぎ》やかしにもならないし」

「……だろうな」

プロフォンドゥム侯爵は特殊な立場にあるため、貴族社会でも一目置かれている。といえば聞こえはいいが、あからさまに差別されているのだ。おまけに蒸気機関が大流行している昨今、魔術の力はあまり歓迎されない。おかげで政界におけるプロフォンドゥム侯爵の地位は低下している。

そこに幼児にしか見えない子供が爵位を継いだのだから、いよいよプロフォンドゥム侯爵は社会からある一定の距離を置かれるようになるだろう。

「おまえは大丈夫なのか？　あの夢、もう見てないか？」

「ああ」

「よかった。遺物探しで呪われるんじゃないかって、マーリン先生も心配してたらしいぜ」

「私は特に、問題を感じてはいない」

クロードが半ば反射的に首を振ると、ジョーイは目を眇《すが》めてクロードの顔を観察した。

「まあ、前より顔色はいいけどさぁ……満たされてるって感じ？」

「……満たされてはいないが、落ち着いてはいる」

ルカの左手を手に入れたがゆえに、クロードの渇望は少しだけ治まっていた。

何よりも、あれが手許にあればいつでもルカの居場所を探れる。その安心感は大きい。

「げっ」

そこで小さくジョーイが呟いたので何事かと彼の視線の方角を見ると、礼服を既に着崩したアレックスが階段を上がってくるところだった。

「よぉ、クロード。めでたいじゃねぇか」

折角の礼装なのに、そのような着方をしては台無しだ。

クロードは微かに眉を顰めたものの、ここでアレックスとやり合うのも本意ではなく、取り立てて口にしなかった。

「おかげさまで、アンブローズ様が無事に当主の座に就きました」

「はっ」

クロードの口上を笑い飛ばし、アレックスは肩を竦めた。

「おまえのおかげで俺のお先は真っ暗だ。魔術省で雇ってくれよ」

「然るべきときが来たら、手配します」

「俺はおまえほど魔術士になりきれねぇからなぁ。目的のために昔馴染みの腕を切り落とすなんざ、絶対にできないよ」

ジョーイは経緯を知らないので、そのあたりは適当に聞き流している。

「光栄です」

「馬鹿……」

嫌味もわかんないのか、と一頻《ひとしき》り毒《どく》づいたアレックスは「これで終わると思うなよ」とありきたりの捨て台詞を残して階段を駆け下りていく。

「結局、嫌味を言いにきただけみたいだね」

ほっとした様子のジョーイに言われて、クロードは微かに目を瞠った。

「そうか？　ちゃんとお祝いの口上も伸べてくれた」

「そこが嫌味なんだよ。鈍いなあ」

陽気に笑うジョーイに適当に話を合わせ、クロードは瞬きをする。

それから、不意に、ジョーイは「ん」と首を傾げる。

「どうした？」

「アレックスって昔からちょっと悪そうなところがあったけど……なんか磨きがかかった気がしないか？」

「挫折《ざせつ》したせいであろう」

「……ま、そうか。あれだけライバル視してたおまえに負けたんじゃ、そりゃ悔しいよな」

とにもかくにも、クロードは漸く自分の望む地位を得るために足がかりを摑んだ。

すべてはここからだ。

クロードは人生において、新たなスタートラインに立ったのだ。

4

積荷の都合でル・アーブルに立ち寄ったリベルタリア号の船員一行は、久しぶりの陸上生活を楽しんでいた。

最終的な目的地は大英帝国であったが、ライルは珪《けい》に何事もないようにと万全を期している。珪の身柄の問題は一応は解決したものの、彼《か》の国の状況がわかったほうがいいと、本国に連絡を取っているのだろう。

「さすがですね……」

ル・アーブルのノートルダム教会はゴシック、ルネサンス、バロックの様式が採り入れられており、独特の外観を作り出している。その素晴らしさに舌を巻き、ルカはずり落ちかけた眼鏡《めがね》をくっと持ち上げた。

この地はセーヌ川の河口として知られ、巴里《パリ》からも汽車で数時間で着く距離だ。夏ともなれば海水浴客が押しかけ、人々はバカンスを楽しむ。

そのせいか店舗もかなり洗練されており、目抜き通りの商店などは巴里と引けを取らないだろう。

教会を眺めたあと観光客に混じって歩いていたルカは、冷やかしでショーウインドウを覗《のぞ》き込む。

飾られていたのは宝石をあしらった見事な時計だった。

最早、宝飾品といっても差し支えのない出来だ。

大きなアメジストは、まるでクロードの瞳《ひとみ》のようだ。

「何だ、おまえも欲しいものがあるのか」

「……クロード様」

ルカはため息をついた。

やっとクロードを巻いたと思ったのに、こうして再びかち合ってしまうとは。

「いい加減、私を追い回すのはやめてもらえませんか」

「私の目的地におまえがいただけだ」

「それは屁理屈《へりくつ》です」

ルカはむっつりとした顔で言う。

「だいたい、働きに見合った給料はもらっています。欲しいものは自分で手に入れられる。心配していただかなくて結構です」

ふんと鼻を鳴らし、クロードはルカを見やった。

「可愛《かわい》げがなくなったな。昔は、花でも服でも俺《おれ》のやるものを喜んでいたくせに」

「あれは、もらって喜んでいたわけじゃありません。何を与えられても喜ぶ貧乏性とでも思っているのですか？」

ルカはむっとして、クロードのすみれ色の双眼を睨《にら》みつけた。

しかし、クロードは動じる様子がない。

昔に比べればずっとその魔力は強大になり、立ち居振る舞いも堂々としたものになった。

それに比例するように、ずいぶん偉そうになった気がする。

「いつも同じように喜んでたぞ。裏庭の胡桃《くるみ》でも、町で買った手袋でも」

「当たり前です」

「どうしてだ？」

「…………」

返す言葉に詰まり、ルカは沈黙せざるを得なかった。

クロードは肝心なところで、鈍感だ。

ルカが喜んでいたのは、ものをもらって嬉《うれ》しかったからだけではない。クロードが自分に向けてくれる好意が愛しく、それが嬉しかったせいだ。

高価なものであろうと、安価なものであろうと関係ない。

クロードが自分のために宝物を探してきてくれたという、その真心が嬉しかったのだ。尤《もっと》も、ルカの意思を問わずに躰《からだ》を奪うような男だ。

大半において変わってしまったと見なすのも当然だろう。

「それで、今は、そのアメジストを見ていたのか」

「ええ、まあ」

「綺麗《きれい》なものだな。――そうか……」

どきりとした。

もしかしたら、気づかれてしまうだろうか。

ルカが、何を思ってこの美しい宝石を見ていたかを。

「何ですか」

「おまえに似合いそうだ。黒と紫はよく似合う」

「ば……」

馬鹿《ばか》じゃないですか、と言いそうになってルカは口を噤《つぐ》んだ。

「これをやるから、おまえは私の従僕になれ」

そういうわけではないと言いたくなり、ルカはもうクロードと口を利くまいと決めた。懇《こん》切丁寧《せっていねい》に自分の感情を紐解《ひもと》いてやるほど、ルカだって親切ではない。

今はこうして和《なご》やかな時間が流れているが、ルカはまだクロードを許してはいない。

いや、許せば凍えていた時が動きだしてしまう。

だから、絶対に許容はできない。

二人の道は、とうに分かたれているのだ。

「クロード様！」

甲高《かんだか》い女性の声がルカの耳を打ち、それを聞いたクロードがあからさまにばつが悪そうな顔つきになった。

聞き間違いだろうか。

これまで女っ気がまったくなかったクロードだけに、彼を親しげに呼ぶ女性がいるとは思ってもみなかった。

「あ、いたいた、クロード様！」

早足で寄ってきたのは、流行のドレスを身につけた若い女性だった。

「クロード様、こんなところにいらしたんですね？　探しちゃいましたよ」

貴族らしくなく少しくだけた言葉遣いの女性は、ルカを見てにこっと笑った。

「お友達ですか？」

「……この方は？」

驚きのあまり、ルカはつい質問で返してしまう。

「あら、ごめんなさい。わたし、デイジーです。デイジー……」

「いいから、おまえはホテルに帰ってろ」

クロードが慌てた顔つきでそれを遮《さえぎ》った。

「えー、一人じゃつまらないですよぉ。一緒に帰りましょうよ」

べったりと甘ったれた声に、ルカは自分が不機嫌になっていくのを如実に感じた。

だが、クロードが狼狽《ろうばい》する様を見るのは愉快で、「もう少し話をしませんか」とにこやかに応じる。

「おい、ルカ」

「お優しいんですね、ルカ様。クロード様と大違い」

デイジーはにこにこと笑いながら、ルカを上目遣いに見上げる。

「でも、安心しました。クロード様、いつも一人だから友達がいないんじゃないかって思ってましたけど、こんな綺麗なお友達がいらっしゃるんですねぇ」

「ルカは友達じゃない」

「またまた、隠さなくたっていいんですよ」

デイジーは何が嬉しいのか、弾けるように明るい声で笑った。

ちょっと落ち着きはないが、きっと悪い人ではない。何よりも、根の暗いクロードがデイジーには本気で言い返している。

少しばかり淋《さび》しくなり、ルカは唇を噛《か》んだ。

要するに、クロードにはこうして仏蘭西《フランス》くんだりまで連れてくるような、いい仲の女がいるというわけだ。

宿に戻っていろとは、同じホテルに泊まっているとの意味で、二人の関係は聞くまでもない。それなのに、彼は平然とルカに粉をかけてきたというのか……！

「恋人がいらっしゃるのなら、そう言ってくだされぱいいのに」

薄い笑みを浮かべてルカがそう言うと、クロードは「は⁉」と声を上擦《うわず》らせた。

「何を馬鹿なことを言っている！　デイジーは私の従僕だ」

「従僕？」

いくらルカが貴族社会や大英帝国の事情に無知であったとしても、あの国が階級社会で従僕にこんな口を利かせないことくらいわかっている。

「あなたにとって、従僕という言葉は愛人を指しているようですね。どうして私に何度も何度もそう誘いかけるのかもよーくわかりました」

ルカは冷え冷えとした口調で言い切り、二人を交互に見据えた。

「どうぞお幸せに」

「はい、ありがとうございます」

にこにこと笑うデイジーに罪はない。

ルカが誰《だれ》よりも腹を立てている相手は、クロードだ。それ以外にない。

ルカはクロードを睨みつけて、足早に彼の傍《かたわ》らをすり抜ける。

「ルカ、明日は六時にメルヴェイユのロビーで待ってる」

「誰が行くと思うんですか⁉」

ここまでこけにされておいて、のこのこ出向くルカではない。

……あれ？

何に怒っているのか、自分は。

「状況を説明する。だから、来い」

「――いいですねえ。だったら行きます。とっくりと話していただきましょうか」

売り言葉に買い言葉。

本当はクロードと食事なんてしたくなかったが、こうなった以上は仕方がない。

クロードとデイジーの馴《な》れ初《そ》めから現状まで、たっぷりと語らせてやろうではないか。

苛々《いらいら》しながら猛然と歩きだそうとしたルカは、前方から駆けてきた黒い塊とぶつかりそうになる。

「ノエ！」

「うわっ」

正面衝突しかけたノエは目を丸くし、それからにっこりと笑った。

「こんにちは。副船長はお買い物ですか？」

「ええ、まあ。あなたは？」

「珪がライルとデートしているから、暇で。ぼくもご飯食べたいけど、酒場には入りづらいし……」

「そうですよね」

ノエはまだまだ子供なのだ。

一人ぼっちで居酒屋にもカフェにも入れず、困っていたに違いない。

まったく、こんな状態のノエを放り出すとはライルも珪も気が利かない。

「それで副船長を探してました」

「私を」

「副船長ならきっと一人だから！」

……あまり嬉しくない決めつけだったが、実際一人だったので、怒るわけにもいかなかった。

「では何か食べましょうか、ノエ」

「いいの？」

「もちろんです。今度こそ肉はどうです？」

ル・アーブルは港町なので魚のほうが美味《おい》しいのだが、ノエは干し肉ではない肉を食べたがっていた。

「賛成！　目抜き通りにはいいお店ばかりだって、みんなが噂《うわさ》してた！」

ノエが手を叩いて喜ぶところを見ても、ルカの気持ちは晴れない。

どうしてこんなにむかむかしているのか、自分で自分がわからなかった。

「えーっと、確かこっちだよ」

「危ないですよ、走ると」

「お腹空《なかす》いてるんだもん！」

勢いよく駆けだしたノエが、書店のある角を右に曲がる。

「走ると転びますよ」

窘《たしな》めながら同じように右折したルカは、目を瞠《みは》った。

「ノエ……？」

ノエの姿がない。

「ノエ！」

かくれんぼをするつもりであれば、ルカはその相手には不向きだ。

「ノエ、出てきてください。ノエ…」

慌ててあたりを見回したが、それらしい気配はなかった。

クロードの魔術か、神隠しか。

眼鏡のつるに手をかけたルカは、背後に人の気配を感じてその手を止めた。

誰かが、来る。

振り返ろうとしたのにそれができなかったのは、口に何かやわらかい布きれを押し当てられたせいだ。

何か、薬品だろうか？

刺激のある匂いを感じ、ルカは足許《あしもと》から頽《くずお》れた。


仏蘭西における調査事業はすぐに終わってしまい、残すはルカとの会食だけだ。

「クロード様、これはどうです？」

俄然《がぜん》張り切ったデイジーが旅行鞄《かばん》から次々と服を出しては並べていく。

「私はこれでいい」

クロードは顎《あご》をしゃくり、無難そうな黒の礼服を示した。

ばさばさとトランクとクローゼットをひっくりかえされて埃《ほこり》が立つと文句を言えば、埃を立てない魔術をかけてくれと口答えされて辟易《へきえき》しているところだ。

「それじゃつまらないですよ」

「それは倫敦《ロンドン》で仕立てた最高級品だ。会議にもそれで臨んだし、失礼はないはずだ」

「そうじゃなくて。いかにもお仕着せで、なんか……」

「なんか？」

「面白みがないです。気が利かないっていうんですか？」

「気が利かなくて結構だ」

きっぱり言い切ったデイジーは、並べられたクロードの服を前に考え込む。

「そうも真剣に悩むまでもない」

「ひねりがないんですよねえ。デートなのに」

「……は？」

「あの方、クロード様の思い人でしょう。よく、夢の中で呼んでるじゃないですか。ルカって」

「ち、違う！」

「冗談《じょうだん》ですよ。やだ、本気にしちゃいました？　クロード様、そういうところがすれてなくて可愛いですよねえ」

年下のデイジーにからかわれて、クロードは怒りから腸《はらわた》が煮え繰りかえりそうだった。

しかも、ルームサービスで頼んだこのまずすぎる紅茶はどうかしている。

朝食を食べた別の店ではそれなりのものが出てきたのに、この土地の三つ星ホテルでこの味はどうなのか。

仏蘭西に来てから、クロードを困惑させるのは、この土地の紅茶のまずさだ。

まずいというより、美味しく淹《い》れる努力をしていない。折角《せっかく》茶葉を持ってきて懇切丁寧に指導したのに、だから英国人はという馬鹿にしきった顔をされた。

腹立たしい。

「えーっと、上着がこれだから、ネクタイはこっち……かなあ。この組み合わせってどうです、クロード様」

「適当にしろ」

「はーい」

クロードは寝室から出ると、テラスに立ったまま紅茶を飲み続けた。

勝手に服を決められるのは癪《しゃく》だが、デイジーの声を聞いていると頭に響く。

悶々《もんもん》としながら紅茶を飲んでいるうちに、思考はまたルカのもとへ飛んだ。

ここでルカと再会できたのは僥倖《ぎょうこう》だ。

リベルタリア号での一戦以来、ルカに対する執着が強まっているのを感じていた。

このあたりで均衡を崩すべきだろうと思っていたが、ルカはまさに取りつく島もない。

クロードが盗み出した左手の一件か、それとも、彼を抱いた過去か。

いずれにしても、クロードが強引な手段に出ようと決めたのは、ルカがクロードと訣別《けつべつ》する腹を決めていたためだった。

あのとき、最後だと、言われた。

それが我慢できなかった。

無論、クロードとてルカのためにさまざまな逃げ道を残していた。

けれども、呪われた『マリアの涙』を手に取ったのはルカ自身であり、その後の彼の命運を決めたのもルカだった。

それを活《い》かしてルカに自分の造った左手を与えて、彼を一生そばに置くつもりだったのに、彼は想像以上に強情だった。

ルカを自分のものにしたかった。

その血肉に、自分の存在を埋め込みたくて。

だが、クロードの純粋な願いを、ルカはまったく理解していない。

立ったまま思索に耽《ふけ》っていたクロードは、「きゃーっ」というデイジーの悲鳴で我に返った。

「！」

襲撃か？

いつの間にか、このスイートルームの出入り口から人の気配を感じる。

ルカのことを考えていたので、気づかなかった。

窓を開けて室内に戻ったクロードはサイドボードにカップとソーサーを置く。

急いで寝室に歩を進めたルカは、ぴょんぴょんと飛ぶデイジーの後ろ姿に目を瞠った。

呪《のろ》いか魔術かと訝《いぶか》しんだが、そうではない。

デイジーの前に立っていたのは、ライルだ。

そんな技術など持ち合わせていないに決まっている。

「嫌だわ、クロード様ったら。こんな男前のお友達を内緒にしていたのね」

「友達というわけじゃない」

「私はデイジーです。あなた、お名前は？」

かぶりつかんばかりのデイジーの反応に、ライルのほうがたじたじになっている。

「ライル・アディクトンだ。クロードはいるか？」

「見事な金髪！　クロード様と少し色味が違うけど、どっちもいいわ！　とても素敵」

当然のことながら、デイジーはライルの話をまったく聞いていなかった。

「いいから、クロードに会わせてくれないか、お嬢さん《マドモアゼル》」

「マドモアゼルなんて……」

デイジーは両手で頬《ほお》を押さえて、照れたようにぐねぐねと躰をくねらせる。

「クロード様はこれからお着替えなんですよぉ。ちょっと待っていただけます？」

「大事な用だ。急いで連れてきてくれ」

そこでクロードが咳払《せきばら》いすると、振り向いたライルが憤怒《ふんぬ》の形相でクロードを睨みつけた。

「どうした？　なくした心臓でも取りに来たか？」

「そんなわけがあるか！」

大股《おおまた》で詰め寄ったライルはクロードのコートを両手で摑《つか》んだ。

ぱしんとライルの手を払い除け、クロードは椅子に腰を下ろした。

「何用だ？」

「決まってる！　ルカとノエを返せ！」

「——ルカはともかく、ノエとは誰だ？」

ルカに何かあったのか。

驚愕《きょうがく》に心が傾《かし》いだ。

「しらばっくれるな！　おまえが誘拐《ゆうかい》したんだろう」

「意味がわからない」

「ルカだけじゃなくて、こう、褐色《かっしょく》の膚《はだ》の子供も一緒だったろうが」

正直にいえば、身に覚えがまるでなかった。

「覚えがない。私に無意識のうちに他人を誘拐する性癖《せいへき》があるなら別だが」

「喜び勇んでルカの腕を切り落とすようなやつだ。何をしたっておかしくはないさ」

どうやら、その経緯は既に伝わっているらしい。

「デイジーに聞いてみるがいい。私が何もしていないと」

「口裏を合わせているかもしれないだろ」

「私にはルカを誘拐する理由がない。食事の約束は取りつけていた」

「そうですよ、クロード様はさっきから一生懸命デートの服を選んでいたのですから！」

デイジーが気を取り直した様子で、言わなくてもいい情報をライルに提供する。

おかげでライルはふっと口許を綻《ほころ》ばせた。

「国費での出張のくせに余裕があるな。愛人を連れてきてるなんて、ルカを妬《や》かせるつもりだったのか?」

「どうしてそうなる。デイジーは私の従僕だ」

「こんな馴れ馴れしい従僕はいるわけないだろ。おまえ、俺が米国人だからって舐《な》めてるんじゃないか?」

「それがいるから困ってるのだ」

クロードは短く吐き捨て、それから、ライルの顔を見つめた。

「構わぬ、子細を話せ。ルカとその子鼠《こねずみ》を探すのであれば、相談に乗ってやる」

「……いや、いい。自力で探すよ」

「私がルカを巻き込んでしまったかもしれない」

声を落としたクロードが言うと、ライルはぴたりと足を止めた。

「ルカに会ったところを、おそらく魔術士に見られた。ルカを人質に取った可能性がある」

「ここは仏蘭西だぜ?」

「国益を考えぬ連中はどこにでもいるものだ」

静かな口調で告げたクロードは、ライルの顔を見据える。

「わかったよ。あんたを信用したわけじゃないが……そのお嬢さんは嘘《うそ》をつけなそうだ」

「どうしてわかる」

「一目見て、俺をハンサムだって褒めたからな」

ライルが片目を瞑《つむ》ると、デイジーはぽうっとした顔になってこくこくと頷《うなず》く。

「俺は俺のやり方でルカを探す。共同戦線を張って、別の船員が誘拐されたら目も当てられないからな」

「いや、それは貴様の仕事ではない」

「なに？」

「貴様はせいぜい、黒真珠《ブラック・パール》を守り抜くことだ」

「黒真珠とかいう、妙なあだ名で珪を呼ぶな。おまえらと魔術省が手出ししなければ、珪だって暢気《のんき》に暮らしていられる。あいつの父親がパトロンに庇護されてるのはわかってるんだ」

「――鈍いやつだな」

「は？」

「夏河義一《なつかわぎいち》が『神的機関《ディヴァイン・エンジン》』を開発していたのは、多くの者が知る事実だ。このたび条約で禁じられたとはいえ、その研究成果を狙《ねら》うものがいてもおかしくはない」

魔術を原動力に動く永久機関の神的機関は、大英帝国が総力を上げて開発しているものだ。出力は未知数かつ無限大。開発に成功すれば、資源の少ない国でも安定的に機関《エンジン》を使える。魔術士ごとそれを売りつけ、供給することで英国は他国を支配できるはずだった。

事実を端的に指摘してやると、ライルの表情がにわかに険しいものになった。

「こちらは手出しをしない約束はしたが、神的機関は世紀の発明だ。欲しがる連中はごまんといる。だからこそ、貴様たちは黒真珠を守らなくてはいけない」

「……ああ」

極めて不本意な顔つきでライルが首を縦に振る。

ライルは船長で、傭兵として米国に雇われる身の上だ。米国とことを構えるわけにいかないので他国は商船として扱っているだけで、そのあたりの道理はわかっているだろう。

「だったら、あんたが魔術を使ってルカを探すのか？」

「魔術を使えば、ルカは嫌がる」

「じゃあ、ルカとここで再会したのは偶然か？」

「決まっているだろう」

「ふうん。あんたがルカに気を遣うなんて珍しいな」

「一応は、あれの意見を尊重している」

クロードが口許を歪《ゆが》めると、ライルは「へえ」と珍しげに声を上げた。

「尊重している場合か？　単なる朝帰りならいいが、ノエも一緒なんだ」

「仕方ない。捜してやるから少し黙っているがいい」

そう言ったクロードは、ライルを押し退《の》けるようにして手洗いへ向かう。洗面器に水を汲ませると、その上に息を吹きかけた。

「何をしてるんだ？」

「少し黙ってろ」

集中し始めたクロードは、水面に映したルカの気配を辿《たど》ろうとした。

——だが。

見えない。

いつもならばこうして魔術で彼の痕跡《こんせき》をトレースしようとすれば、それなりに追える。ルカが海の上であれば精度は落ちるし、今日はルカの左手を持ってきていないので、難易度が上がる。だが、それでも数十キロ以内にいれば呆気《あっけ》ないほど簡単に居場所はわかる。

その痕跡が目につかないのであれば、ルカが何らかの結界に閉じ込められていると見るべきだろう。

やはり、犯人はクロードと同じ魔術士に違いない。

「おい、まだなのか」

「行方《ゆくえ》が追えない」

「は？　おまえ、そんな初歩的な魔術もだめなのか？」

「——つまみ出されたいのか？」

クロードは怒気を孕《はら》んだ声で言い放ち、くるりと踵《きびす》を返した。

「結界を張っているか、ルカを感知し得ないほど遠い土地に移動させたのかのどちらかだ」

しかし、それだけの強力な結界を張っても、クロードを誤魔化すのは難しい。

「仮にルカを誘拐したとしても、一気に別の土地へ飛ばすのは難しい。強大な魔力が必要になるからだ」

そこでクロードは言葉を濁した。

「そこまで高度な魔術を使える人間は数少ない。だが……」

脳裏《のうり》を過ぎったのは、ある男の面影だった。

互いに机を並べて学んだアレックスは、バートラムに協力したことで挫折《ざせつ》した。だが、彼は優秀な魔術士だ。アンブローズはアレックスの才能を惜しんで魔術省に入るよう勧めたが、彼は頑として首を縦に振らなかった。

今、彼がどうしているのかクロードにはわからない。

しかし、バートラムたちが何らかの意趣返しを狙っているのであれば、話は別だ。

折しも、アンブローズが家督《かとく》を継いで今年で十年。少し落ち着いてきた頃合《ころあ》いに仕掛けてくるのは、バートラムらしい執念深さといえよう。

「どうなんだよ」

「とりあえず、ルカの行方は私が追ってみる」

「あんたに託していいのか？」

ライルが疑わしげに言うので、クロードは「ほかに誰に任せられる？」と尋ねた。

「私以外に魔術士の知り合いがいるのなら、それに託せばいい」

「占い師くらいだな、頼れるのは」

「くだらぬことを」

クロードはライルの提案を鼻先で笑い飛ばした。


なんて綺麗なんだろう。

あの金の光は。

初めて見たときから、そう思っていた……。

彼の名前を呼ぼうとしたルカは、衝撃に目を覚ました。

まるでどこかから突き落とされたような、痛みだ。

この痛みを感じるのは、人生でそう何度もないはずなのだが——。

ルカは寝かされている床の固さにはっと身動《みじろ》ぎをする。

最初に目に入ったのは、砂埃《すなぼこり》で汚れたえんじ色の絨毯《じゅうたん》の色味だった。

——汚いな……。

絨毯に直接寝ていた事実に嫌悪感を覚えつつ、ルカは身を起こす。

古ぼけた花模様の壁紙は日焼けし、糊《のり》が浮き上がっている。大きなベッドはそれなりに上物でシーツの糊も利いているようだが、どうせならここに寝かせて――。

「ノエ⁉」

ソファの上で大の字になって眠るノエは、どうやらルカを蹴《け》り落としたようだ。

「ノエ。起きてください、ノエ」

何者かに連れ去られた記憶があるのだが、拘束すらされていない。おかげで、ノエの頬をぺちぺちと直《じか》に叩《たた》けた。

状況からいって誘拐だとは思うが、それにしてはずいぶん適当な扱いだ。

まじまじと室内を観察すると、内装の雰囲気は英国のような気がする。

クロードと言い争い同然に別れ、肉が食べたいというノエと二人でローストビーフを食べに行こうとし――そうだ、そこで誰かに口に布を押し当てられた。

あれで気を失ってしまったのだ。

ここがル・アーブルであれば何ら問題はない。

放っておいてもクロードが自分を探し出すだろう。

だが、あそこから移動させられたのであれば、それはそれで厄介《やっかい》だ。

ライルは自分とノエを手分けして探すだろうから、下手をすれば出航できずにル・アーブルに留《とど》まっているかもしれない。

商品の納期遅延に際する違約金の金額を脳裏ではじき出し、ルカは呻《うめ》いた。

――まずい……。

これでは今回の航海は借金まみれの旅になってしまう。休暇に日本を訪れるのなんて、それこそ、夢のまた夢だ。

「ノエ、起きて！」

動揺からつい手に力が籠《こ》もってしまい、ノエが「ひゃっ」と声を上げて飛び起きた。

「すみません、ノエ」

「う……おはようございます」

ぼんやりとした顔つきでルカの顔を眺め、大きな欠伸《あくび》をした。

「おはようではありません」

「え？　ぼく、寝坊しちゃった？」

「いいえ、そうではなくて」

ルカは首を振った。

「誘拐されたようです」

「誘拐……？」

ノエは目を丸くした。

「ぼくと副船長が？　どうして？」

「それがすぐにわかれば苦労しません」

二人まとめて攫《さら》われる理由なんて、ルカには思いつかなかった。

クロードのこともちろん脳裏を掠《かす》めたが、彼ならばルカ一人を攫うだろう。

いや、ルカを攫うかどうか。

強引に食事の約束を取りつけたのだから、そのあとで誘拐するなんて彼らしくない手だ。

ルカの怒りに火に油を注ぐ羽目になるとわかっているだろうし、食事に一服盛るほうがまだ手間がかからない。

「ノエ。もしかしたらあなたには何か秘密があるのでは？」

たとえばノエが亡国の王子とか、どこかの貴族とか、身分を隠した御曹司《おんぞうし》とか。

そういうものだったら、誘拐される理由としてしっくりする。

「え？」

「私に黙ってることがあるでしょう。正直におっしゃってください」

ルカがいやに真剣な顔で迫ったため、ノエは目を瞠った。

「え、っと……それは……」

「黙っていてはお互いのためになりません」

ぴしゃりとしたルカの言葉に一度ノエは目を伏せ、それからため息をついた。

「ぼくが犯人なんだ」

「え?」

「先週、お皿に載っていた最後のパンを齧《かじ》ったの……」

「………」

そんな内容を問い質《ただ》したかったわけではないので、ルカは文字どおり毒気《どくけ》を抜かれてしまう。

「いえ、その……ノエ」

「ごめんなさい。でも、秘密はそれだけだよ」

「すみません、私が冒険小説の読みすぎだったようです」

ルカは微《かす》かに頬を染め、ノエの言葉を遮った。

状況を把握するためには、ここにやって来た人間を捕まえるに限る。

心に決めたルカは、革手袋の上から自分の義手を撫《な》でた。

ルカの義手は最新のガジェットとして常に更新を重ねており、武器としても立派に通用する。

「静かだね……」

「え?」

「あ、ううん、蒸気機関の音がしないなって」

「ああ、船の上はいつもうるさいですからね」

「それだけじゃないよ。ここ、陸にしては静かすぎるもの」

ノエの言葉に、ルカも「そうですね」と頷いた。

今や誰でも蒸気の力に頼る昨今だ。それを憎むのは、ごく一部の時代遅れの魔術士くらいのもの。

実際、クロードはついこのあいだまで、神的機関の研究開発に傾倒していた。

となれば、ここは古式ゆかしい魔術士の領分だ。

ルカを誘拐するような魔術士はそれこそクロードしか思いつかないが、知らないだけで、クロードにも敵はいるだろう。

ひやりとした。

あのとおり、クロードは魔術しか頭にない不器用な人物だ。思い込みは激しいし、人の意見にはまず耳を貸さない。政治的配慮なんてものは通用しないし、敵を作る方が味方を増やすよりも簡単なタイプだった。

ルカがそばにいればそれとなくアドバイスなどしてやれただろうが、そうはいかない。

あのデイジーなる女性は、その点ではクロードを上手《うま》く御してくれているのだろうか。

そこまで賢そうに見えなかったが……。

——何を考えているんだ、自分は！

クロードの身を心から案じている己《おのれ》に気づき、ルカはぶんぶんと首を振った。

もう彼とは訣別したのだ。

食事だって行くつもりはなかったし、彼のことなんて極力考えないようにしているし……。

「あの、ルカさん……耳が真っ赤だよ……?」

不思議そうなノエの指摘に、ルカははっと我に返った。

「あ、こ、これは気にしないでください」

乾いた笑いを漏《も》らしたルカは、ノエに作り笑いを浮かべて見せた。

そこでがちゃりとドアが開いた。

「お」

野太い声だ。

「目ぇ覚ましたのか。こいつはありがてぇな」

訛《なま》りの強い英語に、ルカは戸口に視線を巡らせる。

にやにやと笑いつつ近づいてきたのは、頭を剃《そ》り上げた日焼けをした男だった。がっしりとした体躯《たいく》で、魔術士には到底見えない。

「ええ。乱暴なご招待をありがとうございます」

ルカは相手を険しい視線で睨みつけ、威圧されないように心がける。

「まあな、喜んでもらえて嬉しいよ」

なるべく無難な言葉を選んでみたところ、男は額面どおりに受け取ってきた。

——この男は、きっと馬鹿だ。行間を読めないに違いない。

こんな男が誘拐犯だったなら、かえって危害を加えられそうだ。

微かに緊張したルカの感情に気づいたのか、ノエも傍らで身を強張《こわば》らせている。

「今、飯を持ってくる。腹、減ってるだろ」

「……ええ」

嘘をついても仕方がなかったので、ルカは首肯する。

とりあえずは、食事が終わるまでは殺されないはずだ。

相手が自分たちを殺すつもりなら、誘拐などするはずがない。

そうしないのは、相手がルカとノエに何らかの価値を見出しているからだ。

どういう意味なのかわからなかったが、ノエだけでもここから逃がさなくてはいけなかった。

「ねえ、ルカさん……あの人何かなあ」

「わかりません。でも、捕まったのが二人でよかったですよ」

「え？」

「少なくとも心細くはありません」

ルカの言葉に、ノエの表情がぱっと明るくなった。

いくら何でもノエと二人でいなくなればライルは気づくだろうが、そのあとどう動くかが心配だった。

……まさか、クロードに助けを求めたりはしないよな……？

ライルは頭の切れる男で、状況判断も的確だ。

時折無茶をするのも玉に瑕《きず》だが、それくらいは仕方がない。

いやいや、クロードがここにいるとライルが知っているわけがない。従って、彼がクロードに相談を持ちかける必要性もないはずだ。

それはそれで困ったことになる。

「飯だ」

先ほどの男が戻ってきて、ルカにパンとスープの入った皿、そして紅茶の載ったお盆を差し出す。

それから漸く気づいた。

拘束はされていないが、ルカの左手には、手袋の上から魔法陣のようなものが書かれた呪符が貼られていた。

何か意味があるのだろうか……？

ともあれ、そのパンとスープの味からルカは確信した。

ここは大英帝国である、と。

紅茶だけやけにレベルが高い点からいっても、おそらく間違いがないだろう。

「なんか……これ……」

「ん？」

「船のご飯が懐かしい」

ノエがぽつりと零《こぼ》したので、ルカはつい苦笑してしまう。

何て言って彼を元気づけようかと困惑したところで、ドアが開いた。

「飯は終わったか？　おまえ、こっちへ」

「ノエと離すつもりですか」

「子供にはちょっと聞かせられない話だからな」

面倒な事態になったと思いつつ、ルカは立ち上がった。

屋敷の現況がわからないし、ノエがいる以上は大立ち回りはできない。神妙な顔をしたルカが大男のあとをついて歩くと、彼は鼻歌を口ずさみつつ古びた廊下を進んでいく。

相変わらず、静かだ。

この規模の屋敷なら、蒸気機関を使っていてもおかしくはないのだが。

この呪符といい、魔術士の館《やかた》なのは間違いがないだろう。

馴染んだ潮の匂いはしないから、海のそばではないはずだ。

次にルカが通された部屋はドアも質素で、室内に置かれたテーブルや椅子《いす》も木製で飾り気がない。住人にとってここはただの仮住まいか、あるいは、家にもともと快適性など求めないかのどちらかなのだろう。

部屋の一番奥は大きな窓になっており、冴《さ》えない色味のカーテンが目についた。

「久しぶりだな、ルカ」

カーテンの隙間《すきま》から外を眺めていた長身の男が振り返り、そして笑みを浮かべた。

その顔つきに見覚えがあり、ルカは目を凝《こ》らす。

「何だ、忘れたのか？　冷たいやつだな。マーリン先生のところでは、結構目をかけてやったつもりなんだが」

その名前を出されて、ルカは弾かれたように顔を上げた。

「……アレックス様……」

「そうだ」

窓に寄りかかった鬚面《ひげづら》の逞《たくま》しい男は腕組みをし、ふてぶてしく笑った。

「まずは一つ詫《わ》びなくてはいけない」

「今回の乱暴な招待の件ですか？」

「それもあるが、うちの若いものが人違いをした点だ」

「…………」

「予定では、クロードのやつが手に入れ損ねた黒真珠を盗み出すつもりだったんだが……子供と一緒にいる黒髪で黒目の男と言ったら、思いがけずおまえを連れてきた」

「ああ、そういう事情でしたか」

彼らは、珪と自分を間違えたのだ。

こういうときの対処方法を知らなそうな珪が捕まらなかった点に、ルカはほっとする。

「この事態は想定していなかった。クロードがル・アーブルに出向いていたのは不幸だったな。俺が出向けばよかったんだが、魔術を使えばクロードに気づかれてしまう。人任せにした俺のミスだ」

いくら相槌《あいづち》でも「構いません」とは言えないので、彼の前に立つルカは曖昧《あいまい》に頷く。

「おまえを誘拐した以上は、それを糊塗《こと》するのは不可能だ」

雲行きが、不意にあやしくなってきた。

このまま無事に返してくださいと言うつもりだったのに。

「そんなことはありません。仕事に支障を来《きた》していないのであれば」

「いや、こちらとしてもどうせおまえを誘拐したんなら、有効活用させてもらう」

「どうやって？」

「クロードをおびき寄せる餌《えさ》にする。俺には、黒真珠よりも欲しいものがあるんだ」

夏河博士の研究よりも価値のあるものとは、何だろう？

「クロード様は私如《ごと》きに釣られるお方ではありません」

どうあってもクロードを巻き込んではならない。

ルカはあえて失笑し、アレックスの興味を逸《そ》らそうとした。

自分のせいでルカがアレックスに誘拐されたと知れば、クロードは激昂《げっこう》するに決まっていたからだ。

クロードの魔術が以前とは飛躍的に進歩を遂げたのを、ルカは目《ま》の当たりにしていた。あれだけの魔術を扱うようになったのだ。

「そうでもないぜ。クロードが本気になれば、一つの街くらいは消し炭になりかねない。クロードがおまえのせいで闇《やみ》に落ちかけてるっていうのは、卒業生のあいだじゃもっぱらの噂だ」

「え……？」

「今は魔術省のお偉いさんだから、上手い具合に隠してるけどな」

「闇に落ちるとはどういう意味なのです？」

「要は道を踏み外し、悪に生きるってことだ。俺たちは単に『失墜』って言ってるが、中身は重大だ」

アレックスはつまらなそうに言うと、テーブルに置かれていたグラスを取り上げて赤ワインを口に運ぶ。

「私にはあなたのほうがよほど悪に走っているように見えますが」

「本当の闇にいる人間はもっと恐ろしいものだぜ、ルカ」

アレックスはルカの皮肉を真面《まとも》に受け止め、やけに冷えきった目で言った。

「いずれにしても私とクロード様は敵対しています。私を使ったところで何にもならないでしょう」

「それは表向きだ」

アレックスはにやりと笑い、いきなりルカの右手を摑んで自分に引き寄せた。

そして、左手を革手袋の上からそっと撫でた。

「これはクロードの肉だろう？」

「え？」

何か誤解があるようだが、これは義手だ。

「クロードがこのためにおまえの腕を切り落としたのは知っている」

「どういう……」

「あいつの望みはおまえを支配し、手に入れること。おまえの意思なんて関係ない。おまえが庇《かば》ったところで意味なんてないのさ」

アレックスの言葉に、ルカは愕然とした。


デイジーを置き去りにして倫敦へ戻ったクロードは、真っ先にアンブローズの邸宅へ向かった。

馬車を仕立てるのももどかしく辻馬車《つじばしゃ》でプロフォンドゥム侯爵邸を訪れたせいか、家令の目は冷たい。

対するアンブローズは風呂上がりだそうで、バスローブ姿でクロードを招き入れた。

アンブローズの濡れた髪からは雫《しずく》が滴《したた》っていて、それを拭かねば風邪を引くとクロードは密《ひそ》かに気を揉《も》んだ。

「お帰り、クロード。デイジーとの旅行は楽しかった？」

「もう二度と御免です」

クロードが無表情にむっつりと答えると、アンブローズは「えーっ」と激しく抗議の声を上げた。

「デイジーみたいに明るい子がそばにいたほうがいいんだよ？　そうじゃないとクロード、すぐに悪いほうに考えるでしょ」

「そこまで悲観的ではありませんので、どうかご安心を」

「そうかなあ」

アンブローズは小さな肩を竦《すく》めて見せた。

「まあ、いいや。それで用事は？」

ちっともよくないのだが、デイジーのことから話が逸れてくれたのは有《あ》り難《がた》い。

ちなみにクロードは単身で仏蘭西から戻ってきたので、デイジーはル・アーブルに置いてきてしまった。おそらくライルが連れ帰ってくれるだろう。

「バートラム様の所在を確認したいのです」

「知らない」

けろりとした答えが戻ってきた。

「知らないって、ご兄弟でしょう」

「昔の話だよ。バートラムは僕を嫌っているからね。屋敷にも寄りつかない」

「…………」

「べつに、君がバートラムに何かしたって僕は気にしないよ。クロードの仕事は魔術省で研究を深め、国を守ることだもの」

にこにこと笑いながら、アンブローズが恐しいことを平然と告げる。

「つまり、それなりに事情が正当であればバートラム様を害したところで問題はないと？」

「そこまで言ってないよぉ」

アンブローズはそう言って、きんと冷えているであろうレモネードを口に運んだ。

「うえ、すっぱい」

彼はそう言って、口許をぷにぷにした手の甲で拭《ぬぐ》う。

「バートラムが何かしたいっていうより、あっちにはほかの目的があるんじゃないかなあ」

「たとえば？」

「謎《なぞ》解きは君のほうが得意でしょ」

目を細め、アンブローズは楽しそうに頷く。

「黒真珠の特長は白い膚に黒い目と髪だもんね。人相書きを見たことがない人なら、同じような特長の相手と間違っちゃわないかなあ」

はっとした。

要するに、敵は黒真珠と間違えてルカを攫ったということか。

「アンブローズ様。アレックスを掃討《そうとう》する許可をいただきたい」

「魔術士同士の私闘は厳禁だよ？」

「アレックスが黒真珠を手にかけようとしたのであれば、話は別です。彼は黒真珠を誘拐した。黒真珠がリベルタリア号に乗っている以上は、米国に対する宣戦布告にも等しい」

「……ふうん」

アンブローズの声が、一段低いものになる。

「よかろう、許可する。そなた、思う存分その内なる力を振るうがいい」

芝居がかった口調でアンブローズが命じたので、クロードは「御意」と頷く。

次の瞬間にアンブローズが「くちゅん」と締まりの悪いくしゃみをしたので、クロードは急いで「ベッドへご案内します」と立ち上がった。

「ねえ、クロード」

「はい」

「まだ闇に引き摺《ず》られそうになってる？」

咄嗟《とっさ》に答えられない質問をぶつけられて、クロードは足を止めた。

いったい、アンブローズはどこまでクロードのことを把握しているのだろう。

ぞくりとして、言葉をなくしたというのが正しかった。

「アレックスなんて大変みたいだよねえ。マリアの呪いを浴びちゃって」

「そうなのですか？」

初めて聞く情報に、アンブローズを部屋に送り届けようとしていたクロードは足を止めた。

ぶかぶかの室内履きを持て余していたアンブローズは、「あ」とわざとらしく、両手で口を押さえる。

「あ、ごめんね。これはヒミツだった」

アンブローズはぽんと手を叩いた。

「それで、クロードはどうなの？」

自分がどうしたのか、とクロードは疑念から無言になる。

「同じ闇でも、恋の闇っていうのがあるんだって」

「恋の闇？」

「ニッポンの言葉。調べてみたら？」

「……そうします」

クロードは話半分で聞き流し、アンブローズのために寝室のドアを開けてやる。

「おやすみなさい、アンブローズ様」

「朗報を待ってる」

「ええ。明日にはご足労願うかもしれません」

「……いいよ。その代わり、次に来たときはお馬さんになってね」

アンブローズは満面の笑みを浮かべ、クロードがもっとも嫌がる一言を述べた。


クロードの邸宅は、倫敦でも中心部から離れた場所にある。

時々魔術の実験を行うので、できれば閑静な住宅地がいいと選んだ結果だった。

「お帰りなさいませ、クロード様」

「ただいま。変わったことはあるか？」

「何も」

「結構。紅茶を淹れておいてくれ」

「かしこまりました」

クロードは使用人に命じて紅茶を淹れさせると、そのあいだにいくつかの所用を済ませることにした。

多少強引な手立てだが、少し強い魔術でルカの探索を済ませようか。

立ち上がったクロードはバルコニーに向かい、無地のタイルの上にチョークを使って魔法陣を描きつける。

よし。

呪文を唱えようとしたそのとき、「よせ！」と短い声が背後から聞こえた。

「ジョーイ……おまえ……」

「おまえ、今すごい魔術を使おうとしただろ！」

戸口から走ってきたらしく、ジョーイは顔を真っ赤にさせている。

「……その語彙《ごい》のなさはどうにかしたまえ」

クロードは渋々魔術を唱えるのをやめると、バルコニーから室内に戻った。

「まったく、おまえの魔術は強いけど反動がでかすぎるんだ。使いすぎると闇に引き摺り込まれるぞ」

それでクロードを止めようとするとは、ジョーイはつくづく人が好《よ》い。

あまり才能がなくとも、魔術省で重用されるのは彼の善良さが幸いしているのだろう。

「すまぬ」

「わかればいいよ。ほら、許可書」

彼は分厚い封筒をぽんと叩く。

「魔術の使用許可を申請しただろ。プロフォンドゥム侯爵から早めに発行しろって言われて、わざわざ寄ったんだ」

ジョーイは言ってから、「あと、これ」ともう一通を示した。

「これは？」

「さっき配達員から受け取った。ポストに入らないからって言われて」

「客人に郵便物を渡すとは、お役所もどうかしているな」

「本当だよ。盗まれたらどうするんだろうな」

ジョーイは笑いながら、二通の封筒をクロードの手の上に載せる。

「じゃ、俺は帰るよ」

「もう？」

「おまえの顔にお取り込み中って書いてあるからな。俺としゃべっているよりは、少し横になったほうがいいぜ」

「……ありがとう」

クロードが珍しく礼を言うと、ジョーイは目を丸くし飛び上がらんばかりの反応を示す。

「ど、どうしたんだよ！　お礼なんて……」

「言いたい気分だったんだ。おまえには助けられている」

「そうだろ、そうだろ。今度ビールでも奢《おご》れよ？」

「ああ」

馬鹿げた軽口を叩くジョーイが上機嫌で部屋を出ていったので、クロードは魔術省からの許可証を確かめた。

書類に間違いはない。

それから、怪訝《けげん》に思いつつも差出人の名前がない二通目の封を切った。

中身は写真だった。

一瞥するなり、クロードは言葉を失ってしまう。

胸元をはだけさせ、あられもない格好をしている人物は紛《まぎ》れもなくルカだった。

「な…」

状況はまるでわからない。

目を閉じているあたり、ルカは寝ているのか行為に溺れているのか。

いずれにしたって、クロードがほぼ目にしたことのない格好だった。

写真の上ではルカの左手が、赤い絵の具で丸く囲われている。

クロードがルカの左手を奪ったことを知る魔術士は、ほぼ限定されている。

やはり、黒幕はアレックスか。

クロードの手の中で、ぽっと音を立てて写真が燃え始めた。

魔術だ。

クロードは消火を試みるが、魔術で作られた火はすぐには消えなかった。

火はそのまま火球になり、開け放たれていた窓から外へ飛び出す。

それはクロードに道を示すかのように、一直線に進んでいく。

アレックスが『マリアの涙』の呪いを浴びていたのを、すっかり忘れていた。

中途半端な呪いほど、面倒で根深いものはない。

呪いを浴びた人物は、理性を失い、より深く蝕《むしば》まれることを望むためだ。

アレックスもまた、呪われたルカの左手を求めて倫敦から離れるのを厭《いと》うはずだ。

だいたいの方角さえわかれば、あとは魔術の匂いを辿るだけだ。

ご丁寧に招待状をくれたのであれば、それに乗ってやる。


「あーあ……もう飽きちゃったよ」

すっかりくだけた調子になったノエに話しかけられて、ルカは「あと少しの辛抱です」と気休めを口にする。

アレックスの狙いは不明だが、ルカとノエは単なる人質だ。

「失礼いたします」

メイドがやって来てアフタヌーンティーの準備を始めたので、ノエが「わあ」と目を輝かせる。

子供だけあって、彼の順応力は大したものだ。

紅茶の支度ができたところで、ふらりとアレックスが現れた。

「よう、ルカ」

「何か御用ですか、アレックス様」

どうやらアレックスも参加する予定だったらしく、メイドに自分の紅茶を用意させる。

紅茶に毒でも入っていたら終わりだろうなと思いつつ、ルカはカップに口をつけた。

「なあ、おまえ」

「はい」

唐突に呼ばれたので顔を上げると、勢いがついていたせいで紅茶がソーサーの上に零れてしまう。

「クロードがあれほど執心するんだ。おまえにも何か秘密があるんだろう」

「というと？」

「おまえと寝ると魔術を増幅するとか、そういうことだ」

「べつに、そういうものはありません」

「それか、躰の具合がいいのか？」

馬鹿馬鹿しい。唐突に下品な話題をされて、ルカは紅茶を噴《ふ》き出しそうになった。そんな内容はノエに絶対に聞かれたくない。

「な、何をおっしゃるんですか」

「クロードがおまえと逢《あ》い引《び》きしているのは知っているんだ。魔術しか興味のないあの男が、何の脈絡もなくおまえと会うわけがない」

「ただ会って会話をするだけです。肉体関係などありません」

「まあ、綺麗な顔をしているしな、おまえ。目の色がグレイになったのもあいつの魔力のせいだろ？」

まるで人の話を聞いていないアレックスはそう呟《つぶや》くと、ルカにずいと近づいた。

さりげなくルカはソファの上で身動ぎをし、アレックスとの距離を維持しようとする。

「俺の愛人になるか？」

いきなり肩を抱き寄せられ、ルカはかっと頰を染めた。

ティーカップがソーサーの上でがちゃがちゃと音を立て、何とかそれをテーブルに片づける。

「冗談はやめてもらえませんか」

「いや、本気だ。十年以上も変わらずにクロードを虜《とりこ》にする躰、俺も味わってみたくなってきた。そうでなけりゃ、俺があいつに負けるわけがない」

どうしたらそういう解釈になるのか。

ぎらぎらと光る目でアレックスはルカを見据え、唐突にソファに押し倒してきた。

「！」

募るのは、嫌悪感だった。

以前、クロードにされた仕打ちを思い出して躰が竦む。

武術の心得があるとはいえ、ノエに危害を加えられるのは、避けねばならない。

「おまえと繋《つな》がれば……『マリアの涙』の残滓《ざんし》を味わえる」

「は？」

「ちょっとって、ふざけないでください！」

「ちょっと挿《い》れるだけだ」

多少に関わらず、自分の肉体を他者に明け渡すのは嫌に決まっている。

じたばたとルカは踠《もが》き、体格がまるで違うアレックスを押し退けようと試みる。

「子供が見ています！」

「見てないぜ。行儀のいい餓鬼《がき》だ」

振り返るとノエは一人でトランプの手品の練習をしており、素知らぬ顔だった。

非常に躾《しつけ》の行き届いた、よくできた子供だと頭の片隅で納得したが、今欲しいのは助け船だ。無視されるのは困る。

「いいだろ、ルカ」

「この……」

アレックスが衣服を緩め、なめくじのようにぬめぬめとルカの膚に唇を這《は》わせる。

気持ち悪い……。

一応は前戯《ぜんぎ》のつもりかもしれなかったが、ちっとも心地よくない。

かつて、クロードに触れられたときはもう少し昂揚感があったのに、アレックスが相手だとそんなものは皆無《かいむ》だ。

「離せ！」

「すぐに終わる。クロードに見せつけてやろうぜ？」

魔術を使われているからか、軽くのしかかられただけなのに動けない。

絶対に、絶対に嫌だ。

どんな相手であろうと、自分自身を征服されたいなんて思えない。ルカはルカであって、ほかの人間の意のままになったりしない。

……そうだ。

この状況で、助けを待とうなどと思ったルカが馬鹿だった。

ここは自力で逃げるほかないのだ。

「う、ぐ……」

気味の悪い愛撫《あいぶ》を堪《こら》えつつもルカは気力を振り絞り、自分の義手に意識を持っていく。

祈りが通じたらしく、ぴくり、と左手の先が動く。

よし。

手袋をした左手を軽く握り締め、アレックスに向ける。

「魔術に逆らうなんて相当な精神力だな。どういうつもりだ？」

「こういうつもりです」

手袋を犠牲にして魔力を込めた弾丸を発射するのと、廊下からの烈風がドアを吹き飛ばしてアレックスを仰《の》け反らせるのはほぼ同時だった。

ルカの義手に装塡《そうてん》されていた銃弾はアレックスから逸れ、壁にめり込む。

もとより狙ってはいなかったので、これくらいの威力で十二分だ。

被害が大きいのは、風圧のせいでドアがめり込んだ壁のほうだった。

ドアと同時に天井が破壊されたらしく、ぱらぱらと頭上から降ってくる粉塵《ふんじん》を浴びながら、蒼白《あおじろ》い顔のクロードが姿を見せた。

ぞくっとした。

クロードを見たせいではない。

何か、クロードが連れてきている。そう直感したからだ。

冷たいものが背筋を駆け抜け、冷や汗が背中を伝い落ちた。

「……？」

どこからか声が聞こえてくる。低くて深い、耳障《みみざわ》りな声だ。

それが、ルカを呼んでいる。

強すぎる不快感にかたかたと小刻みに躰が震えるが、アレックスもクロードもまるで意に介さぬようだった。ルカは気力を振り絞り、乱れた衣服を直す。

「――十年ぶりなのに、ご挨拶《あいさつ》だな」

顎のあたりに烈風を受けたらしいアレックスが、そこを撫でながら凄《すご》んだ。

「失礼、戯《ざ》れ言《ごと》を聞いたので」

「ルカに手出しをするのはよせ」

二人同時にまるで違う言葉を発したので、アレックスがくっと皮肉げに笑う。

「本当におまえらは気が合わないな」

「大した問題ではない。それぞれに違う人間だ」

断言したクロードは、ぴっちりとボタンを締めたマントの下で腕組みをしているようだ。何かを持っているのかもしれないが、クロードが連れているもの、、はそこにいるのか。

「いい度胸だな、アレックス。よりによってルカに手を出すとは」

「怒らせたかっただけだ。おまえのルカ大事は昔から変わってないな」

アレックスはふっと笑って、いきなり、ぱちんと指を鳴らす。

「！」

ぎょっとしたのはわけがあった。

ノエの躰がふわりと浮き上がり、高い天井の近くまで突然持ち上げられたのだ。

彼が一人遊びしていたトランプが、ばらばらと床に落ちていった。

「ノエ！」

まるで見えない触手か何かに搦《から》め捕られたように、ノエは身動きができない様子だ。

「ルカ、痛い…ッ…！」

彼の躰の一部がぼこりとへこんだことで、見えない触手の存在に気づく。躰を締めつけられているらしく、ノエが振り絞るような悲鳴を上げる。

「ノエ！」

悪心を忘れて慌てて駆け寄ったルカは、ノエの躰に触れようとする。けれどもばちっと火花が散るばかりで、それも叶わなかった。

結界だ。

「何のつもりか、答えよ」

クロードの言葉に対し、アレックスは動じていない。

「折角二人も人質を取ったんだ。有効活用しないとな」

「…………」

ぴくりとクロードが片眉《かたまゆ》を動かしたので、アレックスは「おっと」と右手を振った。

「俺とやり合う気か？　魔術省のお偉いさんは、そう簡単に魔術を使ってはいけないんだろ。お役人の悲しい性だなぁ」

アレックスの言葉を耳にして、クロードは黙り込む。

このまま黙って見ているつもりか？

そのあいだもノエの顔色が悪くなり、先ほどまでぴくぴく動いていたはずの手に力が入らなくなっていくのがわかった。

「クロード様、どうにかしてください！」

ルカの必死な懇願も、アレックスに一蹴《いっしゅう》される。

「無駄だ。クロードの魔術対策は完了している。それに、クロードはお役人だ。俺に仕掛けられても魔術は使えない」

「クロード様はあなたよりずっと強い！　それに、規則なんて糞食《くそ》らえです！」

「外野が言ったって無駄だぜ。クロードには、守るべき立場ってものがあるのさ」

皮肉たっぷりな口調で言ってのけたアレックスがぱちんと指を鳴らすと、ノエの動きが次第に弱いものになってくる。

「ご託はその程度か」

「なに？」

「弱い者を嬲《なぶ》るとは、魔術士失格だ」

「いいから、ルカの左手を寄越せ！　こっちの望みは伝わってんだろ‼」

アレックスは一変して怒鳴った。

「いかにも、承知している」

クロードは頷いた。

「おまえと違ってこっちは縛るものが何もないんでね！　その餓鬼が死んだら、今度はルカの番だ。おまえが左手を差し出さなけりゃ、二人とも死ぬんだ」

おろおろと二人の顔を見やるルカは、その会話の意味がわからなかった。

もう一発、今度は本気でアレックスに鉛玉《なまりだま》をぶち込んでやったほうがいいのだろうか。

「好きにするがいい。その子供の命にはまったく興味はない」

「な……」

「さりとて、左手は渡せぬ。これはルカの痕跡を正確にトレースするために使っただけだ。おまえに渡すために持ってきたわけではない」

クロードはそう言って、マントの中にしまわれていた右手を出した。

その手には、透明な硝子《ガラス》の瓶《びん》がある。

「おお‼」

アレックスが感動に奇声を発した。

硝子瓶はなみなみと薬液で満たされ、その中に沈められた人間の手は標本か何かのように見えた。

「クロード様、それは……」

「これこそおまえの左手だぜ、ルカ!!」

「…………」

切り落とされた当時のままに、その左手は生きているかのようだ。

ルカは凝然として、朽《く》ちもせずひからびもしない、己の左手を見つめる。

「その男の言葉に耳を貸すな、ルカ」

平然と言ってのけたクロードはアレックスを見据え、口を開いた。

「もう一度問う。あの子供を殺そうと脅したところで、私はルカの手を渡すつもりはない」

「どうしたって、おまえに逆転の手はない。試しに火球でも撃ってみろ」

あらゆる魔術に対しての結界を張るのは不可能に等しいが、クロードは攻撃が不得手と聞いている。

言われたとおりに彼の左の手から生まれた焔《ほのお》が一瞬にして掻き消え、クロードは肩を竦めた。

「なるほど、ずいぶんな結界を張ったものだな。では、アレックス。おまえが欲しいものを言え」

クロードは静かな声でアレックスに命じる。

「魔術省の主任研究員の地位――と言いたいところだが、そんな真似《まね》をしても何の意味はない。最初から言ってるだろ。俺が欲しいのはその瓶だ」

魔力が緩んだのか、ノエの表情がわずかに和《やわ》らぐ。

だが、持ち上げられたノエの躰は天井近くに留め置かれたままだ。

「ルカの手は、呪いの源だ。こうしているだけならばただの手だが、呪いを増幅させればそのときは立派な兵器になる。魔術士にとっちゃ、お宝だ」

「アレックス、おまえはあのとき、呪いに染め上げられた……なるほど、呪いの根源を欲して長らく苦しんだわけか」

誰にともなくクロードは呟き、うっとりとした目で瓶に視線を向けた。

「確かにこの手は美しい。おまえが欲しがるのもわかるな、アレックス」

アレックスは口許を歪め、クロードを睥睨《へいげい》した。

どこが美しいというのか。素人のルカでも、呪われた左手の気味の悪さは直感した。

この禍々《まがまが》しい呼び声……まさに厄災だ。

絶対に、世に出してはならない。

「ならば、俺に差し出せ‼」

左手が、疼《うず》く。

魔術で繋いでいる義手は、もうルカの一部として馴染んだはずなのに。

「これは兵器にもなり得る厄災だ。未熟な人間には渡せぬ」

「俺を未熟と言うのか⁉」

「私にさえ使いこなせぬ代物だ。諦めて、あの子を離せ」

アレックスはぎらぎらした目で左手を見つめていたが、ややあって、唸《うな》るように口を開いた。

「ならば、交換条件は変えてやる」

「言え」

「アンブローズ・アディスの命だ。それでこの左手との交換は白紙にしてやる」

「そんなことでいいのか」

我が耳を疑ったのは、ルカのほうだ。

「そんなことって、おまえ、アブローズ様の暗殺だぞ⁉」

動揺したのは、アレックスも同じだったようだ。

アンブローズが死ねばバートラムが当主になり、結果的にこの左手はアレックスのものになるだろう。最悪の結末ではないか。

「ああ、そうだったな」

平然と答えるクロードの感情が読めずに、ルカはひたすら混乱するほかない。

いったい、どういう神経なら自分の主人を裏切るような要求に賛成できるのか。

無論、正確には賛成をしていないのだが、反対もしていない。

尤も、アレックスが欲しいのはアンブローズの命ではなく、呪いの器となったルカの左手であるのは明白だ。

従って、クロードがあの左手を持つ限りは、彼に安息はない。また人質にされるのも、自分の左手の行方に心を痛めるのも、いずれも喜ばしいことではない。

すべてを断ち切るには、あの左手を葬《ほうむ》り去る以外ないのだ。

一瞬のうちに心を決め、蹌踉《よろ》めくように動いたルカは、クロードに体当たりした。

「！」

隙だらけだったクロードは、手に持っていた硝子瓶を取り落とす。

身を屈《かが》めたルカは咄嗟にそれを両手で受け止めた。

「いいぞ、ルカ。寄越せ！」

アレックスは何かを期待して昂奮に叫ぶが、そんなつもりは毛頭ない。

ルカは手にした硝子瓶を、暖炉に向けて投げ込んだ。

燃えろ！

硝子が割れる音がし、灰がぶわっと広がる。

「あっ！」

「何をする！」

アレックスは急いで暖炉に飛びついたものの、一歩遅かった。ルカは彼にしがみつき、押し留める。

焔が一際大きくなる。

中の薬品が蒸発しているらしく、きらきらと輝くものがあたりに立ち込めた。

「ルカ、貴様！」

クロードが怒りに声を荒らげた。

ルカの魔力を全部費やしてもいい。

何もできなくなってもいい。

あんな手、なくなってしまえばいい。燃え尽きてしまえばいい……！

「あの手は燃やしてください！」

「だめだ！」

ルカには魔術を使うほどの力はほとんどないものの、それでも、最低限の術式はマーリンにこっそりと習っている。そうでなくては、義手の回路を魔術で神経と繋げられないからだ。

先ほどアレックスに指摘された目の色の件も、魔術の影響だ。ずっと魔力を使っているせいか視力が落ち、明るいところが苦手になった。

とはいえ、長年の呪いを受け止めるには、ルカの魔力はあまりにも弱かった。

火勢が弱まり、黒焦げになった左手がずるりと暖炉の中から生き物のように這いだしてきた。

「おお……」

喜んでそれに手を伸ばそうとしたアレックスに、ルカは全身全霊の力でしがみつき、押さえ込む。

「クロード様！　欲しいなら右手をあげます！　だから……!!」

あのとき、自分の肉体に入り込んだ呪いの不快感を覚えている。

この世ならざるもの。

あれが災厄の源なら、世界にばらまいてはならない。

アレックスだって、他人を殺してまで権力を手に入れるような男ではなかったはずだ。

あのときの呪いが、彼らを狂わせてしまっている。

「クロード様‼」

「よかろう、ルカ。望みを叶えてやる」

クロードは頷き、右手に光を集めた。

目が潰れそうなほどの、凄まじい光。

声が、消えた。

先ほどから頭の中でルカを呼んでいた気味の悪い声が、止まった……？

恐る恐る目を開けたルカが暖炉に視線を投げると、火は消えており、そこには灰だけが残されていた。

「何をしやがる！　折角のお宝だろうが！」

漸くルカを突き飛ばして暖炉に駆け寄ったアレックスは、灰に手を突っ込む。

「畜生……畜生……っ」

アレックスが灰をかき集め、狂乱の声を上げた。

「本当に右手を寄越すんだな、ルカ」

「あなたが欲しがるなら、手でも足でも、何でもあげますよ……」

ルカが弱々しく言うと、手を差し伸べて立たせてくれたクロードは「そうか」とにこやかに笑った。

こんな無邪気なクロードの表情を見るのは、何年ぶりだろう……？

「この愚か者！」

振り向いてルカに摑みかかったアレックスが、右手を振り上げる。

「ッ」

煤《すす》だらけの手で打たれて、ルカはあまりの勢いにその場に頽《くずお》れた。

「クロード！　あの餓鬼の命が惜しかったら、アンブローズ・アディスを殺害しろ」

アレックスはそう怒鳴り、中空に浮かび上がったままのノエを指さす。

今し方の出来事に気を取られていたらしく、ノエを締めつける力は弱まっていたようだ。力なく目を開けたまま、ノエはぜえぜえと肩で息をしていた。

「生憎《あいにく》だが、その義理はない」

クロードは静かな顔で言った。

「どうしてですか⁉　ノエの命が惜しくないんですか！」

罵声《ばせい》を浴びせつつ詰め寄るルカにちらりと一瞥《いちべつ》をくれ、クロードは首を振る。

「おまえは――」

「ぼくの殺害を企てた罪で、捕まるのだ」

甘ったるい発音が聞こえてきて、ルカは眉を顰《ひそ》めた。

振り返ると、壊れたドアの向こうにはいつの間にか人影があった。

先頭に立つのは、煌《きら》びやかな衣装に身を包んだちびっこ――プロフォンドゥム侯爵アンブローズ・アディスだった。

杖《つえ》を握り締めて精いっぱいの威厳を示している様子は、認めたくはないが、かなり……可愛い。

「げえっ」

アレックスが蛙《かえる》がひき殺されたときのような、無様な声を上げる。

「遅すぎます、アンブローズ様」

「ごめんごめん、衣装選びに手間取っちゃって」

にっこり笑うアンブローズは、くるりとその場で一回転してマントを見せつける。

鮮やかなピンクのマント、白いエナメルのブーツ。衣装は薔薇《ばら》色で統一されていた。

「どう？　似合う？」

「とてもお似合いでございます」

まったく心の籠もっていない声で、クロードが賛意を示した。

「よし。じゃあ、アレックスを逮捕して帰ろうか」

アンブローズはやけにうきうきとした口調で言い、左右から覗《のぞ》き込むようにしてアレックスの顔を窺《うかが》う。大の大人にやられたら、かなり嫌みに取れる行為だ。

「かしこまりました」

クロードは頷いた。

「待ってください、アンブローズ様」

さすがにアレックスも今の言葉は言い逃れできないと思ったらしく、慌てて両手を左右に振った。

「バートラム様……いや、バートラムは既に別件で調べを受けている。これ以上の悪足掻《わるあが》きは見苦しいぞ、アレックス」

かっと頬を染めたアレックスが逆上してアンブローズに魔術をぶつけようとしたが、それをクロードに阻《はば》まれる。

ノエはといえばクロードが作った空気のクッションの上に落ち、アンブローズの供に抱き起こされてわんわんと泣きじゃくっている。

「ノエ！」

駆け寄ったルカが慌てて彼に手を伸ばすと、ノエが力を籠めて首にしがみついてきた。

繰り返しているのが何語なのかはわからないが、おそらく、彼の母国語なのだろう。

悪いことをしてしまった。

これからは肉でも魚でも、ノエの好むものは何でも食べさせてやろう。

アンブローズがアレックスを引き立てて、邸宅を後にする。

無論、ルカたちも長居は無用だった。

これでやっと、ライルの待つ、リベルタリア号へ戻れるのだ。

「帰りましょう、船に」

ルカがそう言うと、クロードがちらりとこちらを見やる。

「まだ、船は到着していない」

「え？」

「気づいてないかもしれぬが、ここは倫敦だ。あのヤンキーには私から連絡を入れてやるから、おまえはこの地で待つがいい」

クロードの事情に巻き込まれるのは、二度と御免だ。

そもそもあれで最後だと言ったくせに、どうして自分とクロードはまた一緒にいるのか。

「私に右手を寄越すのだろう？　その儀式が残っているはずだ」

「……はい」

そう言われると、男に二言はない。

ルカは渋々頷いた。

5

「うわー……すごいね、このお部屋」

「……ええ」

　ライルと合流するまでの数日をクロードの屋敷で過ごす羽目になったのは、仕方のない結果だった。

　疲労しきっていたルカとノエはライルの屋敷に着くなり滾々《こんこん》と眠ってしまい、目を覚ましてからその部屋の全容に気づいて圧倒された。

　客間にとルカが与えられた部屋は、見事なまでのジャポニズムで埋め尽くされていたのだ。

　床は畳で靴を脱がなくてはいけないし、ベッドの代わりに布団、ソファの代わりに座布団。花瓶《かびん》や鏡といったものに至るまで、おそらくすべてが日本製だ。

「あのクロードって人、日本趣味なの？」

「それは聞いたことはありませんが」

「じゃ、ルカのために集めたのかな」

「…さあ」

虫がいいと思いつつも捨て切れずにいた可能性を探り当てられてしまったので、照れ臭くなったルカは曖昧《あいまい》にそれを受け流した。

このあいだ、もう最後だと言ったのに。

それなのに会えない期間にこんな部屋を作っていたなんて、クロードは何を考えているのか。

とはいえ、従僕に与える部屋にしてはやけに豪勢だ。

つくづく、意味のわからない男だ。

「ルカ様、クロード様がお呼びです」

小間使いに呼ばれ、ルカはノエを置き去りにしてクロードの部屋へ向かった。

クロードの屋敷は、例の日本的なものと比するとかなり質素なものだった。

普段研究に没頭しているせいだろうか、部屋には飾り気がない。あるのは魔術書、魔道書、聖書の類《たぐ》い。

「――ルカ、約束の小切手だ」

クロードはそう言うと、机を挟んで立っているルカに封筒を押しつける。

「小切手?」

「忘れたのか? 船の修繕費を渡す約束だった」

「……ああ」

ルカは頷《うなず》いた。

いろいろなことがありすぎて、そんな話をしたのも遠い昔のことのようだ。

「出ていっていい。食事の時間はメイドに連絡をさせる」

意外にも、クロードの用件はそれだけだった。

「待ってください……あなたの用事はこれだけですか？」

それを聞いたクロードはペンを置き、机の上で腕を組んでルカを見上げた。

「すまなかった」

最初に聞かされたのは、謝罪だった。

「おまえと、あの子供には悪いことをした」

「あなたも素直に謝るんですね」

「悪いとは思っているからな」

クロードは表情一つ変えずに言い切る。

「アレックス様を挑発して、アンブローズ様を殺すよう言わせたかった……そのために、私たちを利用したのですか？」

ルカの言葉を耳にして、クロードは眉根《まゆね》を寄せた。

「それも考えていたが、実際にそうなったのは運がよかっただけだ。アンブローズ様に待機していただいたのが、無駄にならずに済んだ」

クロードの口調は淡々としている。

「おまえこそ、左手をなぜ燃やした？」

「くだらないやりとりの争点にしたくなかったからです」

「あれは私の宝物だった。壊されるのは心外だ」

何が宝物だ。

ルカは心中で毒《どく》づき、クロードのすみれ色の目を見据えた。

「宝物なら、どうして燃やすのを手伝ったんです？」

「右手を与えると言ったからだ」

あのときの自分の言葉を蒸し返され、ルカはうっと言葉に詰まる。

「私は私なりにおまえの手を大事にしてきた。代わりを手にする算段がなければ、協力はしない」

「な…」

思考が途切れかけ、ルカは一瞬、言葉を失《な》くした。

「いい加減にしてください。私の手をあんなふうに弄《もてあそ》ぶなんて、どうかしています」

「大切にしていたと言っただろう」

むっとした顔つきで言ったクロードは、本気で反論してくる。

「どうしてですか。私の手を切り落としたのが、そんなに嬉《うれ》しかったのですか？」

何も教えてくれないクロードに焦《じ》れ、ルカはつい可愛《かわい》げのない言葉を口にする。

「……おまえがくれたものは、あれだけだった」

意味が、わからない。

「あげたつもりはありませんが」

「それでも、私が持っていたのはあの手だけなんだ」

クロードの言いぐさに口をぽかんと開けたルカは、彼の顔を凝視する。

何だ、この人は。

いったい、何を言っている？

「おまえはこれまでに私に何かをくれたことなどなかっただろう、ルカ。私はおまえに関わりのあるものが、一つでいいから欲しかった」

ルカはまじまじとクロードを見たあと、「何を言っているんですか」と呟いた。

「何かあげても、あなたが面倒くさがると思っていたからです。私はおそらく下賤《げせん》な生まれで、あなたに拾われた使用人風情だ。私が何かをあげて、あなたが喜ぶわけがない」

「一度でも、試したか？」

「試そうとし……」

思い当たる節があったルカは、言葉を止め思わず口許《くちもと》に手を当てた。

アレックスだ。

初めてアップルパイを焼いたとき、アレックスが言ったのだ。

何をあげたとしてもクロードは喜ばない、と。

当時のルカはアレックスの言葉を鵜呑《うの》みにしてしまったが、あれが彼の地味な嫌がらせだとしたら？

「あの島で、おまえにはもう最後だと、言われた。だから最後におまえに関わるものを手に入れようと思った」

「闇《やみ》に落ちたのは、そのときですか？」

「失墜のことか？　私がそんなものに落ちるわけがないだろう」

心外だとでも言いたげに否定し、クロードは首を振る。

「ですが、あのときのあなたはおかしかったし……どす黒かった」

「仕方ないだろう。やっとおまえを手に入れられると、我を忘れただけだ。それに、善良なだけで魔術士が務まるものか。誰《だれ》だって薄汚れるものだ。光と闇のバランスを取ってこそ、魔術士として一流になれる」

クロードはテーブルに載っていたティーカップに手を伸ばし、紅茶を飲み干した。

「……心配して損をしました」

「何だ、心配などしたのか？」

さも意外そうな言葉にルカは苛立ちを覚えたものの、表に出さぬよう努める。

「あなたが闇に落ちたとアレックス様が言っていたので」

「私には守るべきものが山ほどある。闇に落ちている暇はない」

クロードはそう告げ、軽く肩を竦めた。

「話はここまでだ。いずれ、右手を持って私に会いにくればいい」

「それまで待つとおっしゃるのですか？」

「おまえとて、両手がなければ不便だろう」

「……それでいいんですか」

「ああ、あのヤンキーが着くまで好きに逗留《とうりゅう》せよ」

クロードはそれきりそっぽを向くと、机に載っていたトレーから書類の束を取り上げる。

「どうした？　もう話は終わりだ」

「……全部あげると、言ったじゃないですか」

「ん？」

「右手だけじゃなくて、全部あげると私は言いました！　どうして素直に受け取らないんですか？」

ルカの勢いに気圧《けお》され、クロードは目を瞠《みは》っている。

ルカはクロードの机に詰め寄り、それをどんと右手で叩《たた》いた。

「あれだけ強く求めて、人をその気にさせておいて、それであとは無視ですか？　あなたは自分の気が済めばそれでいいんですか？　私の気持ちなど、考えてもくれないんですね」

ルカが詰め寄ると、クロードは呆気《あっけ》に取られたように口を開けている。

「おい、ルカ」

「私が欲しいなら欲しいとなぜ言わないんです！　なぜ、そう言わなくなったんですか⁉」

争点はそこだった。

「それは」

珍しいことに、クロードが口籠《くちご》もる。

「デイジーさんのほうがいいのですか⁉」

「やめろ、あれは小間使いだ」

途端クロードは不機嫌な顔を作り、そして、ルカを見つめ返した。

「——かつて、私はおまえを無理に奪った。あれは過《あやま》ちだった」

「は？」

「おまえを守るつもりが、逆だった。私はおまえを欲するあまりにおまえを傷つけた」

クロードらしからぬ悔恨《かいこん》の言葉に、ルカは机に両手を突いたまま目を見開いた。

「——昔の私はもっと傲慢《ごうまん》だった。おまえを手に入れ、なおかつ、魔術士としての道も究《きわ》めようとしていた。だが、私には敵が多い。アレックスのように、おまえの意に染まぬことを強要する輩《やから》もいるだろう。そのうえ、私の中の抑え難い欲望のせいで、おまえの左手を奪ってしまった」

クロードが何を言おうとしているのか、ルカは理解しようと試みる。

「だから、おまえには近づかない」

わからない。

いや、わかるのだが、脳が理解を拒んでいるようだ。

「従僕にしたいのでしょう。ただの使用人候補にそこまで気を遣う必要もない」

「従僕にしようと思い定めたのは、おまえがなりたがったからだ」

「私が？　いつ？」

「居場所が欲しいと言ったろう。だから、おまえの立場にわかりやすい名目をつけた。男は花嫁になれぬから、妻にはできぬ」

あの日のプロポーズを、思い出す。

ここにいろという、言葉の意味を。

薄々、そうではないかと思っていたものの、都合がよすぎると否定してきた仮説だった。

「自分勝手です、あなたは。意に染まぬことを強要しているのは、あなたのほうだ」

「魔術士とは元来そういうものだ」

「でも、船乗りだって勝手なんです。だから、一度しか言いません」

「何を？」

「よく聞いていてください」

ルカは俯《うつむ》き、そして足許をじっと見つめた。

さっきまで憧《あこが》れの畳を踏んでいたのだ、この素足で。

クロードは何を思い、あの部屋を作ったのだろう。

ルカの日本趣味の話は、クロードには一度もした経験がない。

なのに、クロードは知っていた。

つまり、どこかでルカを見つめ、そして見守っていたのだ。

来るはずのないルカのために、あんな部屋を用意していた――そうに決まっている。

「私のせいで無茶をするあなたを見たくない」

「仕方ないだろう。私の力は、民を守るためにある」

「それだけならいいのに、あなたは他の人まで守るでしょう」

「それが力を持つものの務めだ」

「嫌なんです」

ルカは低い声で言った。

こんなの、焼き餅《もち》みたいじゃないか……恥ずかしい。

「大事な人が傷ついたり苦しんだりするところを、間近で見ていたくなんてない。それができないなら、私だけを守ればいいのに」

「何だ、おまえ……拗《す》ねていたのか」

気が抜けたようなクロードの声に、ルカは苛々《いらいら》してもう一度机を殴《なぐ》った。

こんなに感情的になるのは、久しぶりだった。

「焼き餅です！　どこまで鈍いんですか、あなたは！」

「どうして妬《や》く？」

「好きだからに決まっているでしょう」

「……そうだったのか？」

クロードの反応に、ルカは脱力しそうになる。

自分の感情にさえ鈍いクロードは、やはり、とことん鈍感だ。

「私の言動のどこを見ていたんです？　どう考えても、好きな相手が無茶するのをはらはらしながら見守っているとしか、思えないでしょうが」

「いや、嫌われているとばかり」

気圧されるかたちのクロードは椅子《いす》の背にぴったりと寄りかかり、ルカを見つめる。

「嫌いな相手を心配するほど馬鹿《ばか》じゃありません」

「黒真珠の件では、私の仕事を邪魔しただろう。暗号まで勝手に読んだ」

「私は米国側の人間です。ビジネスとプライベートは分ける主義なんです」

「そうか」

漸《ようや》く合点がいったらしい。

「そうだったのか、ルカ」

目を瞠ったあとに大きく首肯し、クロードはルカを真っ向から見据えた。

「だったら、私に寄越すがいい」

「その持って回った言い方もやめてもらえませんか、もったいぶっているみたいです」

「なるほど」

クロードは相槌《あいづち》を打ち、ルカに手を差し伸べた。

「おまえが欲しい」

「……今夜だけです」

「それでもいい。私はおまえに飢えていたんだ」

クロードはルカが重ねた手を摑《つか》む。

先手必勝だ。

これ以上妙な告白をされてとろとろに溶かされてしまう前に、そのかたちの良い唇をキスで塞《ふさ》いでしまう。

案《あん》の定《じょう》、初めてのルカからのキスに面食らった様子で、クロードは目を瞑《つむ》ることすらしなかった。

「ぐずぐずしていると、私があなたを奪いますよ？」

「それは御免だな」

クロードは肩を竦《すく》め、逆にルカの唇を掠《かす》め取った。


売り言葉に買い言葉でクロードに自分をあげると言ってしまったが、まずかったかもしれない——と思ったときには、後の祭りだった。

ルカが男性と性交をした経験はあのときの一度だけだったし、それ以外にそうした行為の対象となった数少ない相手は女性だけだ。しかし、それでも今現在のクロードの前戯《ぜんぎ》はやけに濃厚だという判断はできた。

一応、男らしいところを見せようとルカから服を脱いだのはよかったのに。

「クロード、様……もう……」

膚《はだ》のあちこちを余すことなく唇で辿《たど》られて、ルカは呻《うめ》くほかない。

か細い哀訴を耳にしたクロードは、「もう、何だ？」と少し不満げに尋ねた。

言わせてもらえば、小一時間もかけて全裸になったルカの躰《からだ》を身体検査しているクロードのほうがおかしいのだ。

こんなにしつこく扱われて、ルカでなければ絶対に呆《あき》れ果てている。

眼鏡《めがね》をかけたままでは無粋《ぶすい》と思われそうだったが、今のクロードを見たらいけないものまで見えてしまいそうだ。

「あ、あっ……」

乳首を軽く摘まれて、声がはしたなくも弾む。

「胸を弄《いじ》られて感じているのか？」

「……違います、疲れてきているんです」

「なぜ」

「あなたが私の躰を、もう一時間も撫《な》で回しているからです」

一息に言い切ったルカはクロードを押し退《の》けようとするが、躰に力が入らない。

「ふ…」

感じていないというのは、嘘《うそ》だ。

疲れてはいるけれど、それ以上に神経が昂《たかぶ》っていて身が保ちそうにない。

クロードが、鎖骨に唇を押しつける。すかさずそこを噛む。舐める。

それだけで、躰のあちこちで火花が散るような錯覚を感じてしまって。

「ん、くぅ……」

かりっと乳首を噛まれて、ルカは躰を仰《の》け反らせた。

全身が汗ばんでいて、熱い。どこもかしこも、自分のものではないみたいだ。

まるで、憐れな仔羊のように、隅々まで解剖されている気がする。

「ここからはさすがに……」

「母乳は出ませんから！」

ルカがそう言うと、クロードは「つまらんな」と舌打ちを一つする。

そんなふうに実験みたいに触れられたって苦しいだけなのに、クロードは思いやりがない。

それとも彼なりに、これが現実だと確かめているのだろうか。

長いあいだ、触れることも触れられることもなかった相手との逢瀬《おうせ》だから。

「…く、ぅう……もう……」

濃密すぎる愛撫《あいぶ》にルカが呻くように声を上げると、クロードが再度手を止めた。

「さっきも言っていたな。もう、とはどういうことだ？」

「は？」

いきなり真顔で問われて、ルカは薄く目を開けた。

自分にのしかかるクロードが、極めて真面目《まじめ》な顔つきでルカを見下ろしている。

「もう、どうしてほしいのか言ってくれなくてはわからない」

「………………」

「私は鈍いんだろう？」

先ほどのルカの発言を逆手に取っているのか天然なのか、真剣に尋ねられると反応できない。

仕方なく目を伏せて、「つまり、達《い》きたいんです」と訴える。

ルカの躰は既に張り詰め、あとほんのわずかの変化にも、おそらく耐えられないはずだ。性器からは先走りの蜜《みつ》がとろとろと零《こぼ》れているし、少しでも均衡が崩れればきっと達してしまうだろう。

何もかも、どうにかしてほしい。

「そうか。私の手で達きたいのか？　それとも、ほかの部位で？」

「は…？」

「つまりこうだ」

クロードがルカの下肢のあたりで、唐突に身を屈《かが》める。

「あ！」

嘘、と思った。

彼がくちづけたときには、ルカはもう達してしまっていた。

どろりとした濃厚な体液が飛び散り、クロードの顔やシャツを濡《ぬ》らす。

「おまえ……」

驚いたような顔になったクロードが、自分の顔に付着したものを手で拭《ぬぐ》った。

「脱がないからそういう羽目になるんです」

ルカが恥ずかしさを堪《こら》えて責めるように言うと、クロードは「そう簡単に裸になれない」

と嘯《うそぶ》く。

「どうして」

「いきなり手の内を全部見せて、おまえに逃げられては元も子もない」

この期に及んでそういうことを言うのか、とルカはおかしくなった。

「逃げませんよ、あなたの裸を見たくらいで」

「違う。おまえが怖がるかと思ったんだ」

「どうして？」

「私がおまえを欲しがると、おまえはいつも逃げた」

クロードが耳打ちをする。

「そのうち、私にもわかった。魔術士は人にあらず、神にあらずという言葉の意味が」

「人でも神でもどっちでなくてもいいです。あなたはあなたで、私は……」

ずっと、クロードが大事だった。

初めて会ったときから、その命の輝きに魅せられていた。

「だから、さっさとものにしてもらえませんか？　私の気持ちが変わらないうちに」

クロードは「いいだろう」と真顔で頷く。

彼はそこで初めて自分のベストに手をかけるとそれを脱ぎ捨て、ついでタイとシャツを床に捨てた。

下着を脱ぎ、まさに一糸も纏《まと》わぬ姿になる。

――う。

最初のときは病院のベッドだったうえにほぼ朦朧《もうろう》としていたのであまり認識がなかったのだが、こうしてまじまじとクロードのものを目にすると威圧されてしまう。

端整な顔に似合わずに隆々としたものは、かなり立派だった。

「それ……魔術で大きくしているんですか……？」

「そんな下世話な魔術があるか」

クロードはまともに反論し、尖端でルカの蕾《つぼみ》を軽く叩いた。

「だから怖がると言ったんだ」

「……まあ、大きすぎるわけではないので、大丈夫です。一度挿《い》れられていますし」

「色気のない睦言《むつごと》だな」

「あなたがそうさせているんでしょう」

ルカが軽く睨《にら》むと、クロードは「悪い」と囁《ささや》いて微笑した。

「おまえが欲しいのに……どうも私は堅苦しくていけないな」

「いえ、鬼のようになられるよりましです」

かつてのように、ルカのことを何も考えずに奪われるよりはずっといい。

今はクロードの思いが、不変の愛情が、ルカを満たしている。

そう、愛されていると感じられるのだ。

「だったらものにしてやる。ルカ、おまえは私のものだ」

「今だけは……そういうことにしてあげますよ」

ルカを横たえたクロードが両脚を軽く抱き込み、正面からルカを征服してかかる。

「…くっ…」

痛い。

挿入に怯《おび》えてルカはすっかり縮こまっていたが、クロードは根気強かった。

「嫌なら、やめる。やめるから、言え」

「嘘だ……」

「私が嘘をついたことがあったか？」

確かに、クロードが嘘をついた過去はないような気がする。

誠実という言葉の対極にあるようでいて、実際には、クロードはかなり真面目なのだ。

融通が利かないし、堅物だし、それでいて人の話は聞かないし……でも、そういうところも全部、好きだ。

だから、クロードがルカの中に入ろうとして真剣な顔をしているのを見るだけで、幸福感が押し寄せてくる。

「ん、っく……」

「どこまで入っているか、わかるか？」

真摯《しんし》な口調での問いに、ルカは眉根を寄せる。

「八割、くらい……？」

「半分だ」

「…そういうとき、くらい……嘘、ついてくれても……」

こんなに苦しいのに、はち切れそうなのに、まだ半分だなんて言われると愕然《がくぜん》としてしまう。

「悪い」

ぐ、ぐっと襞《ひだ》を割り広げるようにして、クロードが入り込んでくる。

「あ…っ…あ、あ…」

もっと怖くてつらいのかと思っていたけれど、違う。

期待して敏感になった躰の中には、ルカが思うよりもずっと感受性豊かな部分が隠されていたらしい。

決定的な快楽とまでは言えなくても、むずがゆいような甘ったるいような、そんな感覚がふつふつと躰の中枢から湧《わ》き起こってくる。

「は、あ……あァ……」

ライルの部屋から、時々珪《けい》の甘い声が聞こえてくるのは、こういうことだったのか。

好きな人と、一つになる悦《よろこ》びの声。

そう思った瞬間、きゅんと胸の奥が熱くなった。

汗ばんだ膚《はだ》と膚が密着している。クロードの躰が、熱い。

「あ…ッ？」

「どうした？」

「ちょっと、待って……それ……」

気持ち、いい……。

クロードの逞《たくま》しいもので峡谷を広げられて、熱くなった土手を抉《えぐ》られていくのが——すごく、気持ちいい。

気持ちが良かった。

「はあ、あ、あんっ、あ…」

「ルカ、急に……」

「わかった、から……あ、あん、あっ……」

そうか、これは躰が悦んでいるのだ。

疑いようもなく全身が汗ばみ、心地いい。よくてたまらない。

「ん、んあっ、あ、なに……これ、わからな……」

「ルカ」

唇を押し当てられて、ルカは夢中でクロードのキスに応えた。

肉厚な舌が入り込み、口腔《こうこう》を舐《な》め回していく。

どこもかしこもクロードのものにされていくという、歓喜。

「くふ、ん、んあっ、あ、あ、そこ……そこ……」

挟られているはずなのに、どうしてこんなにいいのかわからない。

「ここ、か？　ここがどうしたんだ？」

「いい……！」

そんなことを言わせるのかと怒るよりも先に、ルカは気持ちいいと素直に訴えていた。

ただ名前を呼ばれているだけなのに、とても……感じてしまう。

「ルカ……」

「もう、入った……？」

「どう思う？」

意地悪な質問に焦れ、ルカは腰をもじつかせる。

「わからないから、聞いてる……」

「もう、少しだ」

クロードの声も少し掠れ、どこか苦しそうだ。

「辛《つら》い、ですか？」

「いや」

「正直なこと、言ってください」

「最高だ」

弱い声音でルカがねだると、クロードが至極真面目な顔で告げた。

「…………」

「おまえの中が、熱くて……たまらない。どんな魔術だってこんなに人を熱くしない」

なんてことを言うんだろう。

ルカは恥ずかしくてたまらなかったが、結合の苦痛に意識が行ってしまっており、口をぱくぱくさせるばかりだ。

「全部、入った……」

「そこまで言わなくて、いいです」

少し冷静さを取り戻し、ルカはクロードを見据える。

「動いていいか？」

「嫌だと言ったらやめるんですか？」

「やめない。一応、意見は聞いたところだ」

そう言ったクロードがいきなり腰を引き、次に深々と突き入れてきた。

いきなりの性急な動きにぎょっとしたルカは、慌ててクロードの腕を掴む。

それだけでは汗でぬめった膚から手を離してしまいそうだったので、仕方なく彼の二の腕に爪《つめ》を立てる。

「こういうときくらい、眼鏡を外したらどうだ？」

「……外してください」

それに従い、クロードが眼鏡を取り去った。

意を決して間近で見つめたクロードは、自分の目に見えるクロードのままだ。

「ルカ……綺麗《きれい》だ」

「ふ…クロード様……」

愛おしさが、胸の奥から溢《あふ》れ出しそうだ。

どうしてこんなことになったのか、自分でもわからないけれど。

でも、好きなのだから仕方がない。

とても、好きで、好きで、たまらない以上は。

ルカはクロードの腰に脚を絡め、彼との密着度を強めようとする。

そうすればもっと、一つになっている感覚を味わえるかもしれない。

「出すぞ」

「え、もう……？」

「そうだ……我慢できない」

唐突にクロードの動きが速くなり、激しい勢いで腰を打ちつけてくる。

「あ、あっ、ちょっと、痛い……」

「あとで、謝る」

睦み合いのときのことなんて、謝られたって困る。

「今、謝ってって……あ、あっ、そこ、いい……いい……クロード様……」

「出していいか？」

嫌だって言っても出すくせに。

「ん、ん、出して……いい、です……」

「ルカ……」

クロードがルカの肩に噛みつき、歯を立ててくる。

「あ、や、いく、あ、あっ……ああ……ーっ！」

その痛みに反応したのか、ルカは気づくと達していた。

「ふ」

ぎゅうぎゅうと締めつけたせいで、クロードもまた我慢の限界に達したらしい。

クロードはルカの中に体液を放ち、汗にまみれた躰をルカに寄せてきた。

「ルカ……」

繋《つな》がったまま抱き締められて、幸福感に酔いそうになる。

やはり、クロードは綺麗なままだ。

いつまで経《た》っても真っ直ぐで裏表がなく、その穢《けが》れない本質を剝《む》き出しに生きている。

そこが、たまらなく好きなのだ。


「あっ」

うつらうつらしていたルカは目を覚まし、それから跳ね起きた。

裸のままのクロードを間近で見てしまい、ルカは我ながら真っ赤になった。

「どうした？」

「ノエの食事を忘れていました」

「肉を所望したので、死ぬほど食べさせている。今頃《いまごろ》、デイジーが寝かしつけているだろう」

クロードが何気なく出した固有名詞に、ルカは自然と渋面になる。

「……また、デイジーですか」

「そうだ。あの娘はアンブローズ様に押しつけられたのだ」

ルカの髪を撫でながら、クロードは面倒くさそうに告げる。

端整なクロードの顔を見ているうちに、ルカははっとした。

眼鏡をかけていないのに、クロードの顔が普通に見えている。

つまり、生気が見えないのだ。

慌てて周囲を見回して、サイドボードに置いてあった眼鏡に手を伸ばす。それをかけてクロードに目を向けると、彼が「どうした？」と首を傾《かし》げた。

「……いえ」

もしかしたら、あの能力はもうなくなってしまったのかもしれない。

呪《のろ》われた左手は、ルカの能力ごと消滅してしまったのではないだろうか。

その考えがしっくり来て、自《おの》ずと笑みが零れた。

「嬉しそうだな」

「いつもと一緒です。クロード様こそ、笑っていますよ」

照れ臭くてクロードの変化を指摘してやると、彼は「うむ」と頷いた。

「おまえが私を好きだとは思ってもみなかったからな。その喜びを反芻《はんすう》している」

「その言葉、そっくりお返しします」

「私は好きだと言ったつもりはない」

「……は？」

突然のすべてを覆すような宣言に、ルカはぎょっとする。

「おまえは私のものだと言ったんだ」

その言葉に、一気に緊張が解けた。

「それが……好きだって言うんです。あなたは魔術の腕はすごいのに、語彙《ごい》は限りなく貧困ですね」

「あいにく、素養がない」

そろそろ起きなければいけないので、名残《なごり》惜しくもルカは起き上がって着替えを済ませる。

二人で身支度を調えてから部屋へ向かうと、クロードの書斎にはアフタヌーンティーの準備ができたところだった。

「もう、こんな時間なんですか？」

「そうだ。気づかなかったのか？」

ということは、延々と一晩中クロードと睦み合っていたのか……。

道理で幸福感とは裏腹に、躰が重いわけだ。

クロードが引いてくれた椅子に腰を下ろし、ルカはサンドウィッチに手を伸ばした。

「それで？　いつからここに来る？」

ハムときゅうりを具にしたそれを食べているとき、クロードが唐突に切り出した。

「は？」

「従者になるのだろう」

「どうしてそうなるのですか」

相変わらず謎《なぞ》な思考回路だと呆れたルカは、ついそう突っ込んでしまう。

「おまえを私にくれたのだから、そう考えるのが普通だ。プロポーズを受けたのだろう？」

「嫌ですよ。私は海の上でしか生きられません。用事があったらあなたが会いに来ればいい」

「私はおまえを手許に置いておきたい」

「あなたの仕事に巻き込まれて、今回みたいな目に遭うのは御免です。海の上にいれば、たいていの連中は手出しができない」

ルカの言葉に、クロードはぐうの音も出ないようだ。

「それに、ライルのところにいれば安心です。彼ならば、あなたと互角にやり合えますし」

「あれはおまえが助け船を出しただろう」

「けれども、少なくともあなたとはいい線まで戦えます」

ルカの言葉を耳にして、クロードは渋々頷いた。

不本意そうなのは、見ていればわかる。

「では、政局が安定するまではおまえは海にいたほうがいいな」

「ええ」

クロードが諦めるとは思わず、ルカは自分の意思を尊重されたことに密かに驚いていた。

「その代わり、私が作った左手を使うのはどうだ？」

「は？」

「魔術で左手を作ってやる。そうすればいつも私はおまえの考えていることがわかるし、おまえと一体感を……」

「やめてください、心がまったく安らがない」

——いや、まったく諦めていなかったみたいだ。

どうしてこんなにデリカシーのない人を好きになってしまったのかと自分でも思うが、これがクロードなのだから仕方がない。

「キスをしたくなったときも、その左手にすれば私に伝わる」

「魔術でのキスなんて御免です。何かあったらあなたが会いにきてくれればいい。キスは……」

そこで言葉を切ったルカは、テーブル越しにクロードにくちづける。

「こっちのほうがずっといいはずです」

どんな魔術も、本物のキスには敵《かな》わないはずだ。

このキスのほうがずっと甘くて、ずっと愛おしさが伝わる。

「だから、約束してください」

「何を？」

「無茶はしないこと。たとえ私のためであっても、魔術であなたの命を削らないこと」

ルカは一つ一つ、自分の心配ごとを数え上げていく。

「わかった」

「それから、キスをしたくなったら我慢しないで会いにきてください」

「キス、だけか？　躰が欲しくなったらどうする？」

クロードは不満げに問う。

「素直に求めればいいでしょう」

「そうか。――ならば、寝室へ行こうか、ルカ」

クロードがそう言ったので、ルカは噴《ふ》き出す。

「食べてからにしませんか？　腹が減っては戦はできません」

ルカの言葉を耳にして、クロードは素直に賛成した。

「そうだな。だが、これくらいはいいだろう？」

身を屈めたクロードに唇を啄《ついば》むような軽いキスをされて、ルカは微笑《ほほえ》む。

キスは紅茶の味。

ほろ苦いくせにどこか甘くて、クロードのキスにはぴったりだった。

星空散歩

目映いほどの夕陽があたりを照らす。甲板に佇《たたず》んでその美しい光景に目を細めていたルカは、大きく欠伸をした。

「ずいぶんのんきだな、おまえの船は」

「……クロード様っ⁉」

大声を出しかけてルカは慌てて自分の口許《くちもと》をその手で塞《ふさ》ぎ、唐突に訪れたクロード・エミリアをまじまじと見やる。

「何をしているんですか、こんなところで！」

「キスをしたければ、いつでも来いと言ったのはおまえだ」

「それは……」

クロードは端整な顔に不審の色を露《あらわ》にし、「それでは会いたくなかったのか？」と返答に困るようなことを平然と口にした。

そんなわけがない。

一応はお互いに恋仲で、密《ひそ》かに愛情――と呼べるかはいささか疑問だが――を育《はぐく》んでいるところなのだ。

まったく、こういうところでクロードは常識がない。そもそも彼には、他人を思いやる機能などいっさいついていない。

それでも意地悪だったりするわけではなく、むしろ責任感は妙に強いし優しいところもあるから困る。つまり、何もかもが天然ものなのだ。

「迷惑しているのか？」

「……見ていてわかりませんか？」

「おまえを誘いたかったのだが、困らせるのは本意ではない」

「じゃあ、帰るんですね？」

わざと尖《とが》った声で問うと、クロードは少し考えてから首を横に振った。

「お茶の一杯でもご馳走《ちそう》してもらおうか。それで帰ってやってもいい」

真水が貴重な船上では湯を沸かすのも気を遣うのに、クロードには常識は通用しない。

「――わかりました。ちょっとここで待っていてください」

クロードを何とか自室に押し込め、ほかの船員の目を盗んでルカが紅茶を淹《い》れて持っていくと、彼は極めて興味深げな顔つきで船室を見回していた。

「人の部屋を、じろじろ見ないでください」

「見ていない」

クロードはそう言う。

「見ていたでしょう」

「見てほしくなければ目を閉じていろと言えばいい」

「見たんですね？」

「……悪かった。それにしても、おまえの日本趣味には圧倒される」

――誰《だれ》のせいだと思っているんですか、という言葉は呑《の》み込む。

この人が自分のことを綺麗だなんて言うから、黒い目も黒い髪も美しいと褒めてくれたから……だから、この容姿を好きになった。

親に捨てられたかもしれないという過去を、忘れるまではいかずとも、思い出さないように蓋《ふた》をすることができた。

クロードはそんなことを、何も知らない。

どうして自分を好きなのかとも聞かないし、どこを好きになったのかとも尋ねない。

一種の自信過剰なのか、それとも、そうしたことにさえ思い至らないのかもしれない。

けれども、そういうところがクロードらしくていいと思う。彼のそんな難解さを気に入っているルカは、結局は上手く噛み合っているのかもしれない。

無言で紅茶を飲み終えたクロードは、ルカの目をじっと見つめる。

「旨《うま》かった。ありがとう」

「どういたしまして」

「紅茶の礼をしてやろう」

クロードは薄く笑み、ルカの手を取った。

その体温にどきりとして、ルカは思わず息を呑んでしまう。

このままベッドに押し倒されるなんて、冗談《じょうだん》じゃない。

どうしようかとルカが口をぱくぱくさせていると、クロードが「甲板に出ろ」と告げる。

「いいですけど、見つからないでくださいよ」

「心得ている」

ほんの三十分ほど室内にいただけなのに、甲板は既に夜の気配が濃厚だった。

月の輝きは薄く、暗い夜空では星が瞬いている。海は天鵞絨《ビロード》のように無限に広がり、リベルタリア号の灯りが行く手をぼんやりと照らしている。

甲板に出てすぐに足を止めたクロードは視線をルカに戻し、「手を」と言った。

逆らうのが面倒でルカがそれに従うと、クロードはその手をがっちりと握り締めた。

「危ないから、離すな」

「危ないって？　変な実験は御免ですよ」

「わかっているから、静かにせよ」

吐息混じりにクロードが囁《ささや》いたので、ルカは渋々頷いて自分もまたクロードの腕を握る。

最初は、甲板が妙に不安定だという感想だった。

——ん？

ややあって事態を認識し、ルカは愕然《がくぜん》とした。

浮いている……。

十数センチ浮き上がったと思った次の瞬間には、躰《からだ》はまるで風船か何かのようにぐんぐんと空に向かって浮上していく。

これは夢か何かなのだろうか？

狼狽《ろうばい》するあいだもルカの躰はぐんぐんと浮上し、もう、リベルタリア号が足許に小さく見えるばかりだ。

信じられない……。

「どうだ」

「とても、綺麗です」

危ないと言いたかったけれど、そんな言葉は忘れられるほどに美しい光景だった。

夜の海はまるで絨毯《じゅうたん》のように広がり、星の光を写して煌《きら》めいている。

涙が出そうなほどの美しい光景に、ルカは暫《しば》し見惚《みと》れた。

「でもこんな大がかりな魔法……またあなたの命を縮めるんじゃないですか」

「それは平気だ」

クロードはけろりとした顔で答えた。

「魔術の進歩は日進月歩だ。科学ほどではないが、我々は新しい魔法を開発しようとしのぎを削っている。命を削らずとも、魔法を使う方法は考えている。それを考案するのも、私の使命の一つだからな」

「そう、ですか」

少し安心したルカを見やり、クロードは得意げにくっと顎《あご》を上げた。

「どこか行きたいところはあるか？　日本は無理だが、近場ならこのまま飛んでいける」

「――二人きりになれるところ……とか」

ぼそりとルカは呟《つぶや》いた。

本当はそんなことを言うつもりはなかったのだが、クロードが見せてくれた光景があまりにも美しくて、それにあてられたせいでつい、ロマンティックな気分になってしまったのだ。

「ここなら、二人きりだろう」

「そうじゃなくて！」

つい、ルカは声を荒らげる。

「では、船に戻るか？」

「あそこじゃ二人きりになれないでしょう」

ルカの言葉を耳にしたクロードは、初めて合点が行った様子で頷いた。

「なるほど、逢い引き《あいびき》をしたいのか」

「逢い引きなら、もうしているでしょう」

「そうだな。では、これを何という？」

「言葉はわかりませんが、とにかく少しだけあなたと一緒にいたい。もっとあなたと……その、交流したいんです」

「奇遇だな、私もだ」

クロードの言葉を聞いて、ルカは肩を震わせて笑いだした。

そんなことくらい、聞くまでもなく最初からわかってる。

だって自分たちは、こんな不可解な関係だけど恋人同士なのだから。


「……だからって草むらですか……？」

クロードが見つけた一番近い陸地は、リベルタリア号の進路上にある小さな島だった。

「ここが一番、先ほどの場所から近い」

「だからって草むらですよ？　せめて宿屋とかでもいいんじゃないですか？」

ルカの文句を聞いたクロードは目を伏せ、「財布を忘れた」と憮然《ぶぜん》と言ってのける。

「……あなたにしては、詰めが甘いですね」

「ここは嫌なのか？」

好きか嫌いかで言われれば外なんて御免だが、ほかにどうしようもないと言われてしまうと譲歩するほかない。

「まったく、あなたは本当に……馬鹿《ばか》な人だ」

魔術省きっての大物で、政界にだって大きな影響力を持つであろうクロードを馬鹿と言うのは気が引けるが、ルカにとってクロードはいつも可愛い男だ。

草地に腰を下ろしたルカが頭上で手を組んで寝転がると、クロードはその傍《かたわ》らに腰を下ろす。クローバーのやわらかさが、昔を思い出させて懐かしい。

何度も星を眺めて、二人で他愛のないことを語り合ったものだ。

「馬鹿かもしれない」

気にしない口振りで言ってのけたクロードがルカに覆《おお》い被《かぶ》さり、唇を押しつけてくる。

薄く冷たい唇はいかにもクロードらしいが、触れる吐息や唾液《だえき》はあたたかい。

それで漸《ようや》く、彼も生身の人間だと知るといえば怒られるだろうか。

魔術士も人間だと。

それはわかっているのに、時々忘れそうになる。

「星が綺麗だ……」

「星？　あれが欲しいのか？」

「……いりませんよ。見ていれば十分ですから」

欲しいなどと言えば、クロードは本当に手に入れそうなので洒落《しゃれ》にならないのだ。

「では、何か欲しいものはあるか？」

「少し、肌寒いです」

「火を熾《おこ》すか」

そうじゃない。それに、こんなところで火をつければ火事と間違えられて、人が集まってしまいそうだ。

試されている気分になりつつも、ルカはクロードの手に自分のそれを重ねた。

「言葉にしなければわかりませんか？」

「何が」

「野暮《やぼ》ですね。交流したいと言ったのに」

それを耳にしたクロードが、ふっと相好《そうこう》を崩す。打って変わってやわらかな表情が、彼の端整な面に広がった。

「――では、責任を持ってあたためよう」

「お願いします」

ルカを見下ろしたクロードがもう一度唇を啄《ついば》んでくる。小鳥のようなキスはやわらかく、愛情に満ちていて、心地よい。そのあいだ、彼はもどかしげにルカの衣服を剝《は》いでいく。

多少不器用な気がするが、そのあたりに魔法を使わないのは、クロードらしい律儀さだ。

「夜目にも白いな、おまえの膚《はだ》は……」

「ン……ふ…、くすぐったい……」

囁いたクロードが、ルカの膚に舌を這わせる。以前ほどの執拗《しつよう》さはないとはいえ、彼はこうしてルカにくちづけるのを拒む。まるで味を確かめるようにぬめった舌先でしつこく舐《ねぶ》られて、躰にぽつぽつと紅い痕跡が生まれていく。こうして膚を辿《たど》られると、何か甘く痺《しび》れるような感覚が膚の下から立ち上ってくるようで、自《おの》ずと身をくねらせた。

「もっと声を出せ。どうせ、誰もいない」

「嫌だ……」

「そうか。それなら、声を出したくなるようにすればいいのか？」

「な」

目を瞠《みは》るよりも先に、クロードが手指で性器を捕らえる。狼狽するまでもなく、それをキャンディのようにねっとりと舐られた。

「あッ」

どうして。

こんな恥ずかしいこと、嫌だ。

気持ちがいいから、よけいに羞恥心は募《つの》ってしまう。

「や…だめ……」

口許を手で押さえて、ルカは声を押し殺そうとする。そうでないと、あまりの快楽に我を忘れてしまいそうだ。

「誰も聞いていない」

「おまえが出すものを味わいたい」

「なぜだ？　体液こそ人間の根源だ。おまえが出すものを味わいたい」

クロードの物言いに嫌な予感がしてきて、少しだけ理性が戻ってくる。ルカは彼の顎を摑むと、厳しい顔で釘を刺した。

「……持って帰って実験になど使わないでくださいよ」

「おまえの痕跡を追うには、躰の一部を使うほうがいいと言ったろう。つまり体液もまた有効だ」

「やめてください」

「仕方ないやつだな」

その台詞を言いたいのは自分のほうだと思ったが、それが彼なりの照れ隠しなのではないかと思い当たる。

「では、しない。おまえにこうして触れるだけで我慢しよう」

実際、ルカの膚に唇を寄せるクロードの息は荒く、それがくすぐったい。羽毛で刺激されるような、濡れた粘膜で辿られるような、その不規則な動きに全身が火照《ほて》ってしまう。

「あ……く、ふ……クロード様…ッ…」

躰の底から、滾々《こんこん》と悦楽が込み上げてくる。まるで泉のようにそれはルカの全身を潤《うるお》し、酔わせていく。汗ばんだ躰を捩《よじ》り、ルカはもうひと思いにとどめを刺してほしいと唇を戦慄《わなな》かせる。

「体液を採取したりしないから、安心しろ」

唾液を絡めた舌で幹を舐められ、ぞくぞくと躰の奥底が疼《うず》いた。腰が自然に揺らぎ、快楽を放出したくてたまらなくなる。

「ふ、ぅ……うう……ん、あっ……ああっ」

クロードの金の髪に触れて喘《あえ》ぐルカの指が震え、思考が掻《か》き乱されていく。

「綺麗だな」

「冗談…」

「私は冗談は言わぬと知っているだろう」

掠《かす》れた声で告げ、クロードがいっそうの熱を込めてそこを舐る。やわらかく濡れたもので性器を辿られるのは想像以上に心地よくて。

「あ、ん、…クロード様…っ……！」

そして気づくと、ルカはクロードの口腔《こうこう》に体液を放っていた。

クロードの喉が動き、彼が体液を嚥下《えんか》するのがわかってルカは真っ赤になる。

そんなルカに何も言わずに、クロードが秘部に指を差し入れてくる。彼もまたもどかしいのか、やけに次の動きへの移行が性急だ。

「…んんー…ッ……」

想像以上に、きつい。回数をこなしているわけではないので、ここはクロードを受け容《い》れるのに慣れていないのだ。

「辛いか？」

見上げればクロードの額には、じっとりと汗が滲んでいた。

「平気です」

強がっているつもりはなかったし、ルカは汗まみれになったまま告げる。目を閉じていたのは、心配そうなクロードの顔を見たくないからだった。

「久しぶりだから、痛いのではないか」

「だから、平気だと……」

「前回よりも十三日と十八時間経過…、」

生真面目な口調にやる気が削がれそうになるので、ルカは彼の言葉を遮った。

「……いいから、ひと思いに挿《い》れてください」

「何だと？」

「人の話を聞いていませんね？」

ルカはため息をついてクロードの躰をそっと抱き寄せ、首のあたりにくちづける。

クロードの汗の臭いがする。

「あなたにされるから、痛くてもいいんです。痛くても、心地よいと思える」

「……そうか……」

クロードの声が緩み、ルカの肩を軽く揺すってその場に這うように示した。

こんな動物じみた格好は恥ずかしいと言うまでもなく、腰を掴まれてしまえば身動きができない。

「ちょっと……あ、あっ……うくぅ…んんー……ッ…」

後ろから漲《みなぎ》りを押しつけられ、一息に穿《うが》たれた。

入って、くる。

とはいえクロードのものが一度で入りきるわけがないので、必然的に苦痛は伴《ともな》う。

「は、ん……あ、あ……ああっ、あ、あっ…」

指でクローバーの草地を引っ掻いてしまい、草の臭いが立ち上った。

「苦しいか?」

「ううん、こうすると……」

息を吐き出し声と一緒に痛みを吐き出すと、体内のクロードをより明確に感じる。

それがいい。気持ちいい。

クロードと鼓動まで重なっている気がして——。

「私も、これがいい」

クロードがルカの腰に手を添え、襞《ひだ》をあしらうようにして力強く動きだした。

「あ、ん……ん、んく……」

たまらない。気持ちがいい。とても、よくてよくて蕩《とろ》けそうだ。

痺れる躰の感覚を持て余しながら、ルカは甘い快感に溺《おぼ》れ続ける。


「この行為には体液の交換以上の効果があるな」

草むらの上に横たわるルカを見下ろし、クロードが感慨深げに呟いた。

「……そんな受け取り方はしないでください」

「では、どうすればいい？」

「好きっていうことだけでいいでしょう。ほかに何か意味を求められても困ります」

「そうか。それも一案だ」

クロードは満足げに頷き、「今日はおまえの目は黒いな」と呟く。

「え？」

「私と会うときのおまえは、たいてい目の色が黒だ。魔力が安定しないのであれば、方法を考えるが……」

「……いいです。特に不自由はありません」

クロードの前では、彼が褒《ほ》めてくれたままの姿でいたくて。

それが無意識のうちに己の躰に作用しているのかもしれないと思えば、急に恥ずかしくなってくる。

ルカは手早く衣服を直し、改めてクロードの手を取った。

「クロード様」

「何だ？」

「名残惜《なごり》しいですが、そろそろ船に帰りたいのですが」

「そう、だな」

本当はまだ二人でいたいけれど、ライルや他の船員が自分の不在に気づくのはまずい。

「次はもう少しまともな方法で来てください」

「……考えておく」

微《かす》かに笑ったクロードがルカの頬に手を添え、唇を押し当ててくる。

「今度は、美味しいスコーンが食べたいです」

「わかった、財布を忘れないようにする」

どんなに遠く離れていても、クロードならばきっと会いに来るだろう。

一途なクロードの想いが嬉しくも恥ずかしくもあり、ルカは改めて頬が火照ってくるのを実感した。

あとがき

このたびは『魔法のキスより甘く』をお手に取ってくださってありがとうございました。

こちらは『七つの海より遠く』のスピンオフとなっております。

前作はスチームパンク風味のファンタジーで、今作はスチームパンク要素がだいぶ抜けて普通のファンタジーに近くなりました。いろいろ試行錯誤しつつも趣味全開で書きました。いつもの歴史ものと違ってかなり爽やかテイストになっていると思うので、読者の皆様にも、そのあたりをお楽しみいただけますと幸いです。

攻のクロードは本来ならばもっと鬼畜な感じになるはずが、掘り下げていくうちに、真面目すぎて一周回っちゃったような天然かつ変人な攻になりました。前作であんなに格好良く登場したクロードがまさかこんなキャラになるとは……と頭を抱えつつも、新鮮な楽しみがあってとても想像が広がりました。

対するルカも日本好きのクールビューティになるはずでしたが、こちらもクロードに引き摺られるようにだいぶ変なキャラになりました。

こんなカップルになるとは、自分でも意外な成り行きです。

キャラとストーリーの化学変化がたまに起きるからこそ、小説を書くのは面白いんだろうなと実感いたしました。

最後に、この作品を書くにあたってお世話になった皆様にお礼を。

挿絵を担当してくださったコウキ。様、お忙しい中、本当にどうもありがとうございました。大人キャラはもちろんのこと、コウキ。先生の描かれるちびっこが好きすぎて、今回もアンブローズをたくさん出してしまいました。彼にどんな格好をさせるかが毎度、密かな楽しみです。ルカとクロードの二人も、前作のライル×珪とはまた違った雰囲気で、イラストを拝見するのが楽しみでなりませんでした。

本作を担当してくださった、O様とA様。いつものことながら、ありがとうございました。叱咤激励していただき、何とか原稿が上がってほっとしています。

この本が２０１３年最後の一冊になるのですが、今年はいろいろ盛りだくさんでした。来年がどうなるのかはまだわからないものの、原稿を書ける喜びを噛み締めつつ、一作ずつ頑張っていきたいと思っています。

それではまた次の本でお目にかかれますように。

和泉　桂

✦初出　魔法のキスより甘く……………書き下ろし
　　　　星空散歩……………………………書き下ろし

和泉桂先生、コウキ。先生へのお便り、本作品に関するご意見、ご感想などは
〒151-0051 東京都渋谷区千駄ヶ谷 4-9-7
幻冬舎コミックス　ルチル文庫「魔法のキスより甘く」係まで。

幻冬舎ルチル文庫

魔法のキスより甘く

2013年12月20日　第1刷発行

✦著者	和泉 桂　いずみ かつら
✦発行人	伊藤嘉彦
✦発行元	株式会社 幻冬舎コミックス 〒151-0051 東京都渋谷区千駄ヶ谷 4-9-7 電話 03(5411)6431［編集］
✦発売元	株式会社 幻冬舎 〒151-0051 東京都渋谷区千駄ヶ谷 4-9-7 電話 03(5411)6222［営業］ 振替 00120-8-767643
✦印刷・製本所	中央精版印刷株式会社

✦検印廃止

ISBN978-4-344-83004-2　C0193　Printed in Japan